磨言

則冊

田島毓堂　著

右文書院

はじめに

昨年、十年間放置してあった『磨言』の続きとして『磨言志冊』を喜寿自祝として出して、皆様方に貰ってもらいました。前の二冊、『磨言淳冊』『磨言敦冊』は畏友竹田良己氏に編集を頼みましたが、今度は、彼を煩わせるのを遠慮して、このほぼ10年間に「私の仏教」として『書藝中道』に載せてもらったのをほぼ順に掲載しました。

その後、まだまだ原稿だけはあるので何とかしたいと言いましたところ、右文書院の社長から見せて欲しい、何とかしようとのことで、その電子ファイルのあるものを曲がりなりに整理して送付しました。

『書藝中道』と『かけはし』の「魔言」「ニュースに一喝」に掲載されたものと、折に触れて所感を留め置いたものであります。隔月刊の名古屋大学生協機関誌『かけはし』の編集者の求めに応じて数本ずつ原稿を送っていますが、編集者の箕浦昌之氏が適宜「魔言」と「ニュースに一喝」に振り分けて下さっています。全くの人任せの状態です。その内、「ニュースに一喝」に掲げられた文章は、その時々の時事・情勢に密接に関係しているものが多いため、時を隔ててしまうと何のことか分からなくなっている場合があります。今回、その、出典を確かめて「あとがき」の後ろに記しました。時間が経つと自分でも分からなくなっている物があり、面目ないことであります。

掲載しました記事は、大体は、原稿末尾に記してあった日時の順です。そして、本冊に掲載した文章は、右文書院三武義彦社長の編集であります。これも人任せであります。記して甚深の謝意を表します。

田島毓堂識

平成二十九年十月五日

目次

※トビラ絵　桂芳院五重石塔の彫りもの

アラファト議長――その蓄財

昨年死去したパレスチナ独立闘争の指導者アラファト氏、その巨額投資のことが、年末の新聞に小さく出ていた。アラファト氏がアメリカなどに巨額の投資をしていた実態をアメリカの「ブルームバーグ・マーケッツ・マガジン」誌が報じている。８億ドル（約８３０億円）にものぼるお金が議長の個人的投資として有ったのであるから、ビックリした。その中から、ユダヤ人がよく利用するニューヨークのボーリング場の保有企業向けの投資も含まれていた。その保有企業が、そのことに「ショックと怒り」を覚えるとコメントしているが、読んで私も驚いた。

今年になってから、「パレスチナ　失われた10年　議長選、問われる『腐敗』」という記事が２回に分けて載った。見出しに、「裏切りの集金システム」「クレイ首相　分離壁工事に関与疑惑」とある（2005.1.7中日新聞）。アラファト議長も、イスラエルからパレスチナを分断しようと、イスラエルが構築している悪評の高い分離壁を事も有ろうに自治政府の首相の会社が、請け負ってやっているということを知らないわけがないが、クレイ首相のビジネスをアラファト議長は黙認し続けたという。一部のパレスチナ人は知っているのだ。

２回目の記事には、「日本のＯＤＡ流用か」「前議長　シャロン支持者とカジノ経営」と見出しが付いている（2005.1.9同）。日本の援助を含めてオスロ合意（パレスチナ暫定自治宣言）の後に本格化した国際援助もかなり私腹を肥やすのに使われたという。経済顧問だった人がアラファト氏と仲違いして、アラブ紙の報道で明るみに出た。

数々の苦難と試練を乗り越え不死鳥とも言われ、パレスチナ独立運動を指導してきたパレスチナの星も結局は一人の弱い、欲の深い人間だったのか。これを知って、アラファト氏を我が父のように慕っていた人々の思いはどんなものだろうか。

〔2005.1.13〕

朝日新聞とＮＨＫ

　このところ、連日のようにＮＨＫが政治家の圧力を受けて放送番組の内容を変えたの変えないのと喧しい。安倍晋三自民党幹事長代理や中川大臣が圧力をかけたのかどうか、事前にＮＨＫの報道番組制作関係者が会ったかどうかなど、ＮＨＫテレビのニュースを通じて色々聞かされている。ＮＨＫテレビのニュースだからと言うわけではないが、ほとんど、朝日新聞の記事を否定するようなニュースばかり。事前ではなく、放送が済んだ後だから検閲には当たらないとか、ただ、公平公正にしてくれと言っただけだとか、これだけ聞いていると朝日新聞が虚偽の報道をしているという印象だ。ＮＨＫの関係者も政治的圧力を受けなかったと強調している。

　真相はまだ闇の中、安倍さんや中川さんが記者会見などでいくら否定しても「ああ、そうですか」と言って認められないのが悲しい現実。

　もし仮に、安倍さん、中川さんの言うとおりだったら問題ないのか。

　そうではなかろう。ＮＨＫは政治家に番組内容の報告するのは通常業務だと言っている。そもそもそれが変ではないか。ＮＨＫは予算を国会で承認して貰わなければならないという弱みがあるという。まさに、そのことが、それにつけ込む政治家の、と言うより、政府・自民党の干渉を招く源なのではないか。政治家も番組内容を知りたければ実際にそれを視聴すればいいのであって、放送局の方から出向いて説明する必要など無いはずだ。

ＮＨＫだけでなく、民放も表向きそういうことが無いだけで、実際には自主規制をし、政府にお気に召さないようなことを言う人は番組に登場させないと言われている。間違ったことを言って人を中傷してはいけないが、真実を言う分には、それが政府の気に入ろうが入るまいが、報道機関は、自己の責務として人々に知らせる義務がある。それでこそ、報道の自由の意味があるのである。

朝日・ＮＨＫの遺恨試合は結果がどうであれ、現今の報道のあり方を考えさせてくれる貴重な一石である。

〔2005.1.28〕

木で鼻をくったような

こういう事をよく聞くのだが、今ひとつよく分からない。とにかく素っ気ないことを言う言葉だと承知しているが、とにかくどうしてそういう意味になるのかが分からない。調べてみると「木で鼻を括る」と書くのだそうだ。確かに、木では固くて何ともならないが、「鼻を括る」とはどういう事なのだろうか。何か動物の鼻を集めて、それを括るのだろうか。木ではやりにくいだろう。それがどうして素っ気ない態度で人を遇することになるのか、いまいちほぞ落ちしない。

「木で鼻こくる」とも言うのだそうで、「こくる」は「こする」の意、この「こくる」を「くくる」と誤用し、それが慣用化したのだという説明が日本国語大辞典にはある。これならよく分かる。「こくる」を「擦る」の意だとするのは日葡辞書に拠っている。これならよく分かる。

元々そんな意味かとは想像できるが、「鼻を括る」などというので分からなくなってしまう。

それはともかくとして、今、国会の論戦中。衆参両院での代表質問に対する小泉総理大臣の答弁を聞いていて、この言葉を思い浮かべた。まさに野党が憤慨しているように誠実さのない答弁だ。質問者と意見が違うなら、それをきちんと納得させるようにしなければならないだろうが、そんな親切心はみじんも感じられない。民主党代表の岡田さんの質問、再質問に対しても、質問項目を一つ一つあげたまではいいが、「それにはもうきちんと答弁してあります」と言うのでは、何とも仕方がない。補足答弁も、形式的なことに終わり、何らの実もない、山吹答弁だ。たまりかねて、河野衆議院議長は首相に誠実に答弁するように注意を促した。小泉さんも初心を忘れてしまったようだ。

ずいぶん前の国会答弁だが、大平首相は、ハーとかヒーとか意味不明なことを言っていたが、大平さんの答弁には誠実さが現れていた。憎めない答弁だった。それよりも前のことで、詳細は全て忘れたが、佐藤栄作首相の予算委員会での答弁、質問者の熱弁に対して、わざわざ席を立って答弁席に赴いたが、たった一言「左様」。もう一つ、共産党の誰だったかも忘れてしまったが、やはり随分熱心に自説を披瀝して質問したのに、「あなた方とは主義主張が違うのでお答えしません」といった主旨のことをぎょろ目をむいて答え、平然としていた。それが通ったのだった。まさに「木で鼻を括った」ような答弁だった。

しかし、今は何でも「説明責任」を問われる時代、小泉さんはこの責任を果たしているようには思えない。

〔2005.1.31〕

いけしゃあしゃあと

というか、盗人猛々しいというか、一寸下品な言葉だが、こうしか言いようがない。東横インの建築完成検査後の不正改造、社長は記者会見で、「そんな悪いコトしたかな」と居直りとも言える態度。悪びれた様子もなく、本当に「いけしゃあしゃあと」60キロ制限の所を一寸スピードを出して67、8キロというところくらいかなと言って笑ってさえいた。まるで罪の意識はない。身障者用の施設や駐車場のスペースを最初の設計図ではちゃんと作っておき、検査がすむまではそれも設計図通り作ってあったのを、検査終了後取り壊して、客室や物置、ラウンジなどにしていた。然も、そういう設計図まで最初から作ってあったと言うから、徹底的にバカにしている。恰好が悪いからとか、駐車場などいくらも他にあるからなどというのは理由にはならない。系列のホテルでずいぶんあちこちにそういうところがあるらしい。名前が紛らわしいので、東急ホテルや東急インが抗議を申し込まれたのはお気の毒。この名前もなんとなくまやかし臭く思えるのはこういう悪事が露見したからだろうか。まだ次々と系列ホテルの無断改造の報道がつづく。全国121店舗中78店舗で、何らかの法律違反、条例違反があるという。やり得にならないようにきちんとして欲しいと思う。

もう一つ、本当のことはまだよく分からないけれども、耐震強度不足のマンションを売りつけていたヒューザーという会社、建築確認に落ち度があり、解体したり、補強工事や改築するのに金がかかるからと言って、建築確認をした18の自治体に対して、139億円の賠償請求をした。ヒューザーが被害者だというのだ。本当にそうなら仕方ないが、何故、この会社のマンションばかりが耐震強度が足りないのだろうか。この社長、当初から自分は悪くはない、一生懸命被害者側に立って保証をすると言い続けている。しかし、今イチ、納得できない。その言葉が真実なら申し訳ないが、やっぱり、お門違い、言葉が悪いが、盗人猛々しいという感じを持ってしまう。

〔2006.1.31〕

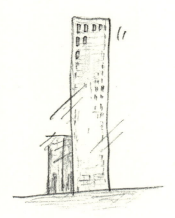

体たらく

このごろ気になる言葉がちょいちょいある。いちいち書き留めてないので忘れてしまうが、忘れられないものを一つ。

新しい言い方なのか、間違った言い方なのか、新聞の見出しにまで使われているので、アレレと思った。標題の「体たらく」だ。このところ問題になっている東横インの社長の言葉。この社長、違法改造が発覚しても初めのうちは大したことではない、60キロ制限のところを67、8キロで走っているようなものだと嘯いていたが、問題が大きくなって四面楚歌、記者会見で、「本当に体たらくな自分だったと思います」と謝罪したとある（2006年2月7日中日新聞社会面）。ここに見出しとしても「社長『本当に体たらく』消え入る声で『おわび文』」とあった。

「体たらく」が「だめな」というような意味の形容動詞として用いられている。ちょっと専門的になって恐縮だが、元来はこれは「体たり（＝体である）」が名詞化したもので、「体であること」の意味で、なにかそれを修飾する言葉がないと使いにくい。「様子」くらいの意味だ。「なんたる体たらくだ」などと悪いニュアンスで使われて、「体たらく」だけでも「どうにもならないような仕方のない様子」という意味になってしまったということであろうか。しかし、古典的な用法はそうばかりではなく、純粋に「～の様子」の意味で使われているから用心が必要だ。でも、今見たような使い方は一般化しているのだろうか。

ばかばかしいとは思うが、最近よく聞き、耳についているのでもうひとこと。例のトリノオリンピック。昨年来、鳥インフルエンザがはやったことも関係あるかもしれない。昨年は酉年だった。それで、「オリンピックは一年遅れでやるの？」などという親父ギャグが聞こえてくる。

〔2006.2.10〕

材割り

こんな言葉は初めて聞いた。ワープロでは一発で出てきたから、市民権を得ている言葉なのだろうか。広辞苑にはない。

雑木林、里山などで、生木を斧や鉈などで割って、その中の虫の幼虫を探すことを言うのだそうだ。その割られた生々しい姿をテレビで見て、なんということをと、人のやることのひどさに腹が立った。炭焼きなどに使う木などがめちゃめちゃにされている。それを取り締まるということも、里山を管理する人が自衛するほかないらしい。

そういうことをするのは、虫を捕って売ろうとする連中だ。

クワガタ一匹が14万円の高値で取引されたという。そんな虫にそんなお金を出す人がいるからこういう事が起こる。しかも、産地によってその形に微妙な違いがあるらしく、ブランド産地というものがあるという。

だいぶん前からカブトムシ類をお金を出して買うということを聞いていた。それで外国から輸入する物も多いらしい。外国から輸入した物が野外に放たれたり、逃げ出したりして、日本の生態系を壊しているという。魚でもそういうことを聞く。

人間はお金になることは何でもやる。それが後で取り返しのつかないことになることがある。この材割りということは、こういうお金になる虫を成虫になってから捕まえるのはなかなか難しいから、木の中にいる幼虫を効率よく捕らえるためだ。そのため、木も台無しになるし、虫は一網打尽、これで絶滅しても、金さえ儲かればいいというつもりなのだろうか。金ほど恐ろしい物はないし、こういう人間ほど愚かしいものはないように思える。

〔2006.2.11〕

絵に描いた餅

おひな様も最近は、一時はやった段飾りがあまり見られなくなった。人間の住宅事情に左右される。小さな紙人形や、陶器のひな人形、掛け軸になったおひな様や、色紙に書かれたかわいいおひな様、いろいろだ。掛け軸になっているものは確かに飾るにも、しまうにも便利だ。もちろん床の間が要るけれども。

絵になったおひな様を見ていて、ふと、この標題の言葉を思い浮かべた。

絵に描いた餅では腹はふくれぬなどという。当たり前の話だ。「画餅不充飢」などといい、広辞苑にも「役に立たない物事」とされている。

正法眼蔵心不可得の巻に、徳山宣鑑という偉い禅僧が餅売りの婆さんから餅を分けてもらい損ねて、「画にかけるもちひ、うゑをやむるにあたはず」と言ったのは悲痛な叫びであったと同時に、役に立たない知識のむなしさの反省だった。この話はこうだ。

徳山は金剛経を明めたと自負し自ら「周金剛王」と称し、種々の注釈を書いた。当時、南方に嫡嫡相承の仏法があると聞いて、憤りに耐えず、経書を携え山川を越えて行った。途中、道ばたで休んでいると、一人の餅売り婆さんがやってきて同じくそこで一服した。

そこで、徳山は聞いた。「あんたは何者だ」「私は、餅売り婆さんだ」「私に餅を売ってくれ」「和尚さん、餅を買ってどうするのですか」「点心㊟にするのだ」「和尚さんがそこに沢山もっておいでになるのは何ですか」「あなたは知らないのか、私は周金剛王だ。金剛経に通じている。ここにあるのはその解釈だ」これを聞いて、婆さんは「私に一つ質問があります、聞いてもいいですか」「いい、何でもいいから思ったことを聞きなさい」「私はかつて金剛経を聞いたことがありますが、その中に〝過去心不可得、現在心不可得、未来心不可得〟とあります。今和尚さんは、どの心に点じようとするのですか。もし、答えてくれれば餅を売りましょう。答えられなければ餅は売りません」と。徳山はこれを聞いて茫然自失、答えることが出来なかった。婆さんは払袖して去り、徳山は餅を売ってもらえなかった。

こういう話である。その後で、徳山は先の言葉を発したのだ。

絵に描いたおひな様でも立派なおひな様である。なのに、なぜ絵に描いた餅は役立たずなどと言われるのか。正法眼蔵画餅の巻には、画餅も、山や川を描いた画と同じく真実だと言う。法界虚空全て画図にあらざるなしと言う。画餅は画餅としての用があり、それで腹を満たそうとするからおかしな事になるのだ。

〔2006.2.25〕

㊟「点心」とは「正式食事の前に取る簡単な食物」のこと、言わば「おやつ」に当たる。

言葉はきちんと

1．ＮＨＫニュース（2006.3.13　19:00）の中で。アナウンサーの言葉ではない。詳しいことは失念した。気になったことだけを記す。「防げることの出来る事故に…」というのだ。こういう重言は割合聞かれるが、やはりみっともない。言いたいことがわっと出てきて、整理できないうちに口をついて出た結果だろう。「防ぐことが出来る」とか「防げる」としてほしいものだ。別の時だが、公明党の幹事長が「まとめられることが出来る…」と言ったのも同じ事だろう。

2．同じ時に聞いた。「原点にたちのぼって…」。やはりこれは「原点にたちかえって」と言うべきだろう。

3．別のことだが、この頃「名は体を表す」と言えなくなった例。テレビを見ていたときの偽らざる感じ。これも詳しい状況を忘れたが「グランド・ステージ　スミヨシ」と言っていたのが、どう見ても「スミヨシ」がしっくり来ず、私の頭の中で「これは、スミアシ」だなと思った。それだけ。

4．新聞では1字でも節約したがる。先日は冬季オリンピックで日本勢の不振を「男子もメダル届かず」と書いていた。「に」が足りない。「男子にも…」とするか「…メダルに届かず」とすべきだ。今日の中日新聞（2006.4.4）一面トップ「小沢氏支持過半数迫る」。これも落ち着かない、やっぱり

「に」が足りないと思う。過半数が迫るのではない。過半数に迫るのであるから。「が」はなくてもほとんど支障ないが、「に」がないと具合の悪いことがある。

5．朝7時前の天気予報を聞いていて奇妙な感じにおそわれた。それから注意して聞いていて、漸くこうではないかと分かってきたが、その日（2006.3.15）はよく分からなかった。「…くもり、朝のうちから晴れるでしょう」と言うのである。その日の予報は、各地同じようで、同じような表現が何回も聞かれた。その後、その時間の天気予報を聞いていると「…晴れ、昼頃から曇るでしょう」とか「…雨、夕方から晴れるでしょう」式の言い方がされていた。15日の予報がたまたま、「朝から」だったので分かりにくかったようだ。簡潔には、表現しにくいのかも知れない。「今までのところは曇っているけれども、朝のうちに晴れになるだろう」ということを言いたいのだろうがやはり、この予報の表現はまずいように思う。簡潔がいいと言っても、真意を伝えられなかったら何にも成らない。

〔2006.4.4〕

中休み

今年の天候は非常に不順である。もう、天候不順が久しいから、不順が正常なのかと変な錯覚にとらわれる。冬の大雪は尋常でなかった。しかも一転暖かい日がやってきて、やれやれこれで長い冬ともお別れかと思っていると、又寒さのぶり返し。新雪雪崩も多かった。

そんな冬を過ごした後、桜の季節、早い到来であった。しかし、開花してからもやっぱり奇妙な天候。低温が続いたから、花は長持ちした。花見にいい日は少なかった。日本列島を桜前線が北上するにも随分日数がかかった。日本列島の南北の長さを思い知らされた。そんな異常気象にもかかわらず、梅雨入りは殆ど平年どおりだった。ところが、梅雨入りした模様などと歯切れの悪い梅雨入り宣言の明くる日からは各地とも晴れという予報、そして、それがしばらく続くという。つまり、梅雨に入ったと思ったら途端に「梅雨の中休み」というのだ。しかし、こういうのは普通の感覚から言えば「中休み」とは言いにくい。どう言ったらいいのか、適当な言葉が見つからない。実際には、予報通りには成らず、まともな梅雨のようだが。

中休みと言われたときには、とにかく五月によく降ったから、さもありなんと思ったものだ。五月の異常もかなりなものだった。日照時間が例年の半分以下というところも多く、野菜などが被害を受けて高値になり、作付けをした米なども注意しろと言われていた。どう注意していいのか、素人には分からないのだけれども。

その中にも、前後にないようないい天気の日もあり、「五月晴れ」という言葉が復権した。元々、梅雨空の中のたまの晴れ間を言ったのが、暦が新暦に変わってからいつの間にか、すがすがしい五月の晴れ間を言うようになってしまっていた。それが、本来はこういう意味なのだというような解説もされていた。

〔2006.6.15〕

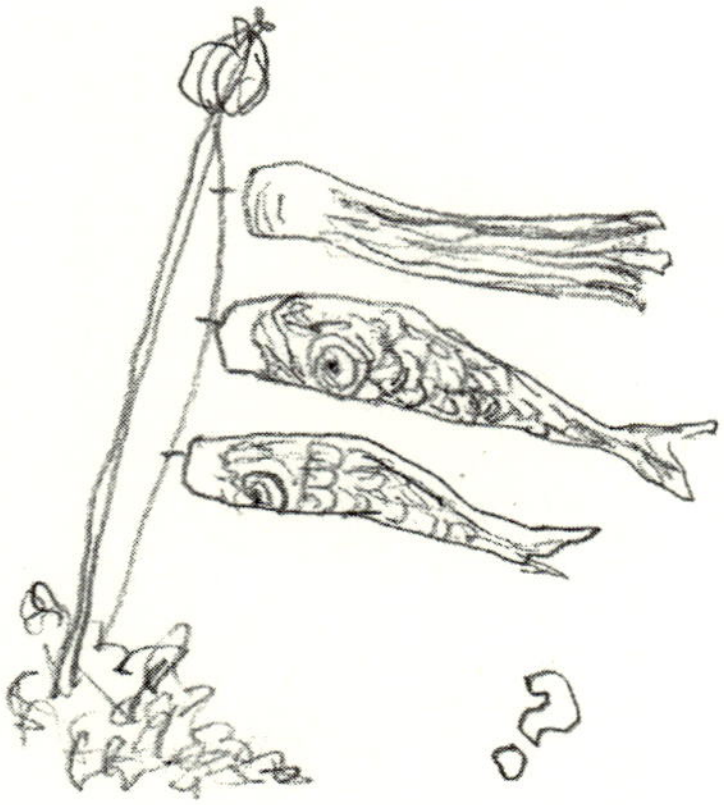

地名

このところずっと異常気象、一体正常気象というのがあるのかとさえ思わされる。つゆ末期の豪雨は以前から普通だった。しかし、今年はそれが異常に長く、同じ所を集中的におそった。毎年、所を変えつつこういう事が起こる。

こんな集中豪雨という災害に見舞われた方々にはなんとお見舞いしていいか分からない。元の暮しには戻れないでしょうね、という諦めにも似た悲痛な声を耳にする。人は、それまでの生活に郷愁を感じるものだ。決して、今よりよかったのでなくてもそうである。

今年は、この集中豪雨のニュースを聞きながら、その地名がいかにも「水」に縁が深そうなことを思った。平生は水の豊かないいところなのだと思う。湧水町、いかにも涼しそうな所を思わせる。出水市、ずばり水と縁が深い。川内市にしても水とは切っても切れない。こういうところを豪雨はおそった。

地名には、その気候風土が反映される。地形などを端的に表すことがある。それで、昔の人々は、これこれという地名の付いているところには家を建ててはいけないとか言って避けた。それで未然に災害を防いだという。しかし、今や、そんなことは言っておれないと、昔なら人の住まないような所にも人が住み、結果的に酷い目に遭ってしまう。亜炭鉱の跡とか、磨き砂を取ったあとなどで、危険は現実に起こっている。

地名について、そこをなぜそのように呼ぶのか、という地名語源に関する関心は、古事記の昔から強かった。その地名語源説話で言っていることが正しいかどうかはともかくとして、古くから人々が強い関心を示していた証拠である。地名に関する研究は多い。私は専門ではないが、興味はある。日本には、人名から出たものはほとんど無い。最近はそういう地名もぼつぼつ出てきているが、伝統的な日本の地名ではない。日本では、人名の方が、地名に由来することが多い。

〔2006.8.2〕

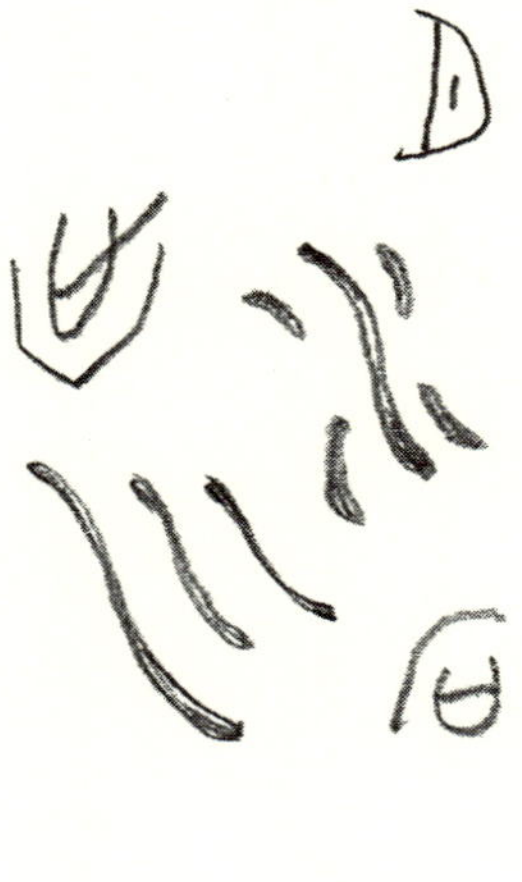

知らない人

以前は、子供に知らない人についていったりしてはいけません、などと誘拐事件などがある度に言われていた。世の中殺伐としてきて、人間関係も希薄になり、地域の包容力・教育力が小さくなってきた結果、子供を巡ってずいぶん酷い事件が起こる。

知らない人にだって道を聞かれれば返事をし、時には案内までしたものだ。ところがそういうことはいけないという。へたに、知らない子供に声も掛けられない。

ところが、最近の事件では、小学生が、隣の家のおばさんに殺された。知らない人どころでなく、そこの子供と一緒に遊んだ、その母親に殺されてしまったのだ。その理由が何となく変だった。少し前に自分の子供を死なせていた。それは水死事故として片付けられていた。それをそうではないと言って、ビラをまいたり、警察に訴えたりしていたという。警察がまともに動かなかったことに対する面当てみたいな犯行だ。それも変だなと思っていたら、結局の所、多くの人がうすうす感づいていたように、自分の子を自分が川に突き落として殺していたのだった。

近所のおばさんが頼りにならないどころか、最後の拠り所となるべき母親までもが敵だった。知らない人どころでなく、知ってる人も、親でさえも危ないと成ったらどうなるのか。勿論特殊なケースに違いない。しかし、こんなにまで成ってしまった日本、中国人留学生が言っていた。中国にも一杯悪い人がいる。しかし、自分の子供を殺すようなことはないと。さもあろう。

少し前になるが、隣近所の子供達が、グループで幼稚園か保育園に通う中で、当番に当たった母親がその時一緒だった子供達を包丁でさして殺してしまったということがあった。自分の子供が仲間はずれにされているというような思い違いからだった。

社会の病理と片付けることは簡単だ。その病気をどうしたらいいのだろう。行き着くところは最後は金。金がないからいけないのでなく、多分今はその反対のような気がする。物や金の余った状態、決して好ましいことではないようだ。足りないのも悲しいが、困ったときには何とか助け合う。今はそれが無くなりつつある。

折しも、日本人のモラルの問題が報道されていた。自分勝手の一言に尽きる。勿論全部でないけれどそういう人が確かにいる。周りの人の眼が届かなくなっている。四六時中監視されているのは嫌だけれども、全く、人目をはばからず勝手なことをするのもどうなのだろう。

〔2006.8.3〕

言語道断

「ごんごどうだん」と読む。割合よく知られている言葉だ。学生諸君に聞いてみても「めちゃくちゃな事」を言うのだと、その意味は知っている。では、なぜそういう意味になるのかと聞くと途端にモグモグ。これは「言語の道が断える」つまり、言葉ではなんとも成らないということだ。夏目漱石の文の中には時々「言語同断」などとも書いてあるが漱石一流の当て字だ。我々がこれを真似ても通用しない。

北朝鮮のミサイル発射の問題が、つい一ヶ月前、世界を大騒動させた。日本政府は間髪を入れず、その制裁措置として、新潟に出入りしている北朝鮮の船の出入りや公務員の入国を禁止した。それに対しての北朝鮮の言葉にこんなのがあった。「ミサイル発射は我々の通常の軍事訓練の一環だ。日本の我々に対する措置は言語道断だ。それがもたらす結果は日本の責任だ。さらにこの上の行動もあり得る」といった内容。

日本人から見れば、誰がなんと言おうと我が道を行く北朝鮮のやり方こそ「言葉の道が断えた」ように見える。国連安保理事会での決議についても直ちに拒否、北朝鮮を除く世界の意志に平気で反するのである。これを言語道断と言わずして何と言うのであろうか。

しかし、世は様々。人それぞれ。物の見方は千差万別。一水四見、北朝鮮には北朝鮮の見方があるに違いない。しかし、同じ人類、同じ地球上の住人だ。互いに人類の宝である「言葉」を正しく使い、仲良くしたいものだ。仲良きことは良きことであり、美しきことだ。啀み合い、憎しみ合いからはいいことは何も生まれてこない。言語の道を断たないように。

道元禅師は正法眼蔵「安居」の巻でこう使っている。

釈尊が九旬安居した因縁について「至理は言語道断し、心行処滅なり。このゆゑに、無言無心は至理にかなふべし、有言有念は非理なり」と言う。この引用で、なるほど「至理」は言葉では言い表せないのだなどと早合点してはいけない。こういうことを言うのは「邪党」であり、これは世尊の仏意にはなはだ背くものだと言われる。そして、「もし言語道断、心行処滅を論ぜば、一切の治生産業みな言語道断し、心行処滅なり。言語道断とは、一切の言語をいふ。心行処滅とは、一切の心行（心の働き）をいふ」と意外な展開である。釈尊が掩室して（室を閉ざして）坐したのは、決して、無言を尊ぶためではないとする。

無言を行ずるのは、言説を尊ぶからなのである。

〔2006.8.5〕

ほとびる

「ほとびる」は広辞苑に「水分を含んでふくれる」という意味で載っている。

この言葉には苦い経験がある。

伊勢物語東下りの段、三河八橋で業平が、「かきつばた」を句の上に据えて「からごろも　きつつなれにし　つましあれば　はるばるきぬる　たびをしぞおもふ」と詠み、一行の感動と涙を誘い、「みなひと、かれいひのうへに涙落としてほとびにけり」とあるのは有名である。

大学三年生の時のことだから、まだ五十年には成らないが、もうそろそろ半世紀近く前のことである。教育実習で、この段を扱った。最後に口語訳をするときこの「ほとびる」を別段ほかの言葉にもせずにすませた。授業後の講評で指導教官の松村先生にこれを現代語訳にしなかったことをこっぴどく叱られた。言われるまで私は気がつかなかった。子供の頃から母に「うどんがほとびてまうに（ほとびてしまうから）早よ食べやぁ」とよく言われたものだった。全くこの言葉に違和感が無く、現代語訳しなければならないとは夢にも思わなかった。

ところが、松村先生は静岡県のご出身。「ほとびる」は名古屋でこそ普通に通じる、つまり、名古屋の方言なのだが、全国共通語ではなかったのである。ただ、広辞苑には方言との注記はない。日本方言大辞典に依れば、愛知県の例はないが、群馬・岐阜・山形・静岡・大阪・和歌山・島根・広島・岡山・山口・徳島・愛媛・高知・香川・福岡・長崎・熊本・兵庫などがあがっている。愛知県でも、さらに別の意味で、「やけどする・焼けただれる」などと使われるという。随分広い使用範囲を持つ語である。先生ご出身の静岡、勤務地であった山形にもあったのである。ただ、余り一般的ではなかったのだろう。

こんなことを思い出したのは、先だってラジオの朗読を聞いていたとき、海音寺潮五郎の、どういう作品だったか覚えてないが、「ほとびらせてたべる」などと言っていたのが耳にとまったからである。広辞苑では上一段活用、つまり、「ほとびナイ、ほとびテ、ほとびる、ほとびれバ、ほとびよ」と活用する語として登録されている。古来からの実例も基本的にこの活用形式である。ところが「ほとびらせて」は、五段活用の形式、この語があまり活発に使われるものでないための誤用だろう。総じて、余り使わない語の五段化はひとつの趨勢であるようだ。

〔2006.8.7〕

ラーメン・らあめん・中華そば

我々が小・中・高校生だった頃、きしめんや素うどんが20円ぐらい、おかめとか、しのだうどんなど具の入った、白醤油で味付けしたうどんが50円そこそこだった。その頃、祖母と墓参りに行くと、決まって帰りに覚王山で「中華そば」を食べた。それが50円だった。

昭和40年代の初め頃、即席ラーメンが出た。当時はチキンラーメンと称していた。お湯を注いで3分で中華そばが出来た。これは、お湯を注がずに、そのままでも食べることが出来た。それが安かった。確か一袋30円。その頃出来かけた量販店では3割以上値引きされていた。一気に人気商品になった。その後、種々の即席ラーメンが誕生している。

そして、その名称も、中華そばではなくてラーメンが主流になった。そして、いろいろなラーメンが、随分見られるようになった。

最近、そのラーメンが、平仮名で「らーめん」と書かれているのが目に付く。10年以上も前のことだが、ある店の前に「らうめん」と書いたのぼりが立っていた。その時は深くも考えず、ただ、いったい何だろうと思うだけだった。ラーメンとは結びつかなかったが、今考えてみれば、まさにラーメンの平仮名書きの走りだった。今、町中で見る表記は、ラーメン・らーめんに加えて、「らあめん」「らぁめん」「ら～めん」それに「らうめん」である。「中華そば」もこの頃少し復調してきた。書き方一つで、味も違うような気がするから不思議である。

ところで、「らーめん」「らあめん」「らぁめん」「ら～めん」「らうめん」は全部同じラーメンを指していることは間違いないが、なぜこんな区々の書き方をするのか。全部これでいいのか、それとも、どれかが正しくてどれかが間違いか。

この表記の基準は、昭和21年に公布された「現代かなづかい」の備考にある。それは、「ア列長音は、ア列のかなにあをつけて書く」とある。平仮名書きを念頭に置いたものだ。片仮名については書いていないが、「外来語、外国語および発音記号としてのカタカナを用いる場合の長音でーをもってあらわす用法は、もとのままとして、「ホーム、ページ、ガッコー」という例があがっている。

つまり、平仮名書きの場合は「ー」は用いないのである。だから、平仮名で書くなら、「らあめん」ということになる。しかし実際はこの表記は余り多くはない。日本語の表記法の内、長音表記はなかなか難しいところがある。オ段長音は「お」を書いたり「う」を書いたり、片仮名表記では当然「ー」もある。日本語では、一つの音を延ばすかどうかは重要な違いがある場合が多い。「おじいさん」と「おじさん」では全く違う。外国人によっては、その母語の影響でこの区別が付かない人がある。悪いことに、ローマ字表記の日本語では、長音符号を省略することがよくあるので、こういう人たちには、いいのか、あるいは悪いのか。「KOBAN」が「交番」だとはなかなか思いつかないかも知れない。

〔2006.8.18〕

飲酒運転

福岡県での悲惨な事故の後も、ひっきりなしに続く飲酒運転による事故、それに対する取締まり強化とそれに対しての飲酒常習者の話などが、このところ毎日話題に上っている。

飲酒運転の被害にあって亡くなった人の家族の話は人ごとではなく、身にしみる。しかし、飲酒運転防止のためのキャンペーンをあらゆる手段を通じてやっても、飲酒運転常習者の自覚がなければ決して事故はなくならないだろう。まるで反省のない常習者の話を聞いてそう思った。事故防止のためのいろいろな活動もそういう運転者には全然通じないのだ。そういう手合いは、先ずそんな飲酒運転自粛のポスターも目に入らぬし、テレビやラジオの呼びかけにも応じまい。第一、そういう番組を聞こうともしないだろう。これは、このことに限ったことではない。いろいろな被害防止についても一生懸命宣伝活動は行われる。しかも、なかなか効果は現れない。肝心な被害の当事者になるような人の、耳にも、目にもそういう情報が届かないからだ。悪い連中はそういうところを狙うのだ。

こと、飲酒運転に限って言えば、自覚のない人たちはどうにもならない。少しのお金を惜しんだり、ひき逃げの方が飲酒運転より罪の軽いことで助かるはずの被害者を置き去りにしたり、常習を自慢したりではどうにもならない。彼らに運転を禁止することも出来ない。こういう人たちの自覚を待っているのはまさに百年河清を待つようなものだ。とにかく酒を飲んだら物理的に運転できないようにするほかない。幸いその手段はあるようで、メーカーもその計画を進めるという。早くしてもらいたい。それとともに、なかなか難しいとは思うが、自覚のない人たちの周りの人が総力を挙げて防止に努めるほかはなかろう。その意味で、同乗者や飲食店をも取締まりの対象にしたことは結構なことだと思う。こういう人命に関わることは、警察は遠慮なくどんどん推し進めてほしい。

〔2006.9.16〕

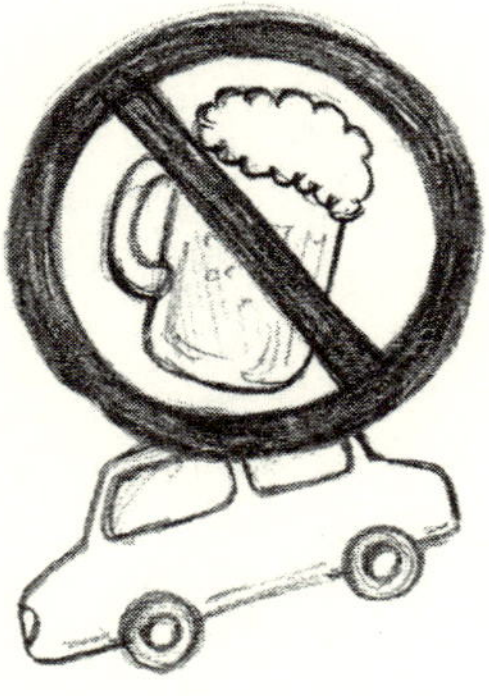

本当の話は面白い

子供の頃、親しい人の中に、こういう人がいた。その奥さんや娘さんたちが、映画を見てどうのこうのといい、ラジオドラマや小説を読んで、泣いたり笑ったりしているのを見て、「何であんな作った話を喜んどるんだろう」と、いわば夢も希望もないようなことを言っていた。

私もその人の年齢を超えた今つくづく思う。私もそういうたぐいの人間なのだろう。映画というものにまるで興味がないし、テレビドラマも見ない。特に連続物やいわゆる大河ドラマなど見たことがない。そういうものをやっていることは知っている。でも、まるで興味がわかない。自分でも困った人間だと思う。文化的催しなどにもほとんど興味が持てない。テレビで見たい番組があっても夜九時より遅いようなのはたいていは敬遠する。

平生好んでみる番組は、ニュース・天気予報だ。そのほか、動物の世界を描いた物、ドキュメンタリーなどだけだ。

たまたま入院生活を余儀なくされた。家にいればやることがいくらでもあるから、早く寝ようと努めなければならないが、病院は違う。あまり早く寝ても、かえってまずいので、テレビを見ていた。昨夜見た、六十年前の教育実習生とそのとき受け持たれた小学校四年生の子供との交流の様子を描いた番組にはほのぼのとするものを感じた。昭和19年のわずか一ヶ月半の経験が、二、三年前から、60年の歳月を経て蘇ったのだった。一通の手紙から。

その後の文通と再会、静かな中に言うに言われぬ感動を覚えた。いま、82歳と72歳になる当時の教生と児童、60年間抱き続けてきたほのかな慕情、思い出しても暖かな思いが蘇ってくる。テレビ番組である以上、当然ありのままではなかろう。元々はありのままであったにしても、映像がある以上それを映している人たちが何人かいる。そこにはどうしても作為が入り込む。それでも基本は実際にあったことだ。そのことに、私は強い興味を抱いたのだった。NHKの番組で、ストーリーのないぶっつけ本番のあの鶴瓶の「家族に乾杯」という番組に惹かれてついつい見てしまうのも、本当にある事だからなのだろう。

動物の世界を時間をかけて撮影した番組や自然の草花などの四季を通じての有様を描いたものなどには尽きせぬ興味がある。

作り話の中にも、事実以上の真実があるということも知識としては知っている。しかし、今の私にはそういうものに没入する余裕というか、心のゆとりというものがない。いつまでたってもそうなのだろうか。

〔2006.9.16〕

点字ブロックの上に物を置くな

正確なことは覚えていないが、この二、三日前に、視覚障害のある方々が、その切実な願いとして、街の中の点字ブロックの上に、自転車を置いたり、車を駐めたり、物を置いたり、その上に立ち止まって立ち話したりしないで欲しいという要望をしているという報道があった。至極尤もな要望である。そんなこと言われなくても、これは、視覚に障害のある方々のための施設であり、それが使えなかったら何にもならないのである。

常々この点字ブロックに限らず、一般の歩行者にも迷惑になるような状態のところがそこここにある。たとえば、名古屋駅前周辺を見てみると、主として自転車の放置は甚だしい。自転車置き場が作ってあるが、その外側にもう一列、どころか、三列、それもぐちゃぐちゃに置いてある。中に置いたら最後とてもその自転車を取り出すのも難しかろう。

時に、置き場以外の自転車を撤去しているが、数時間もすれば元の木阿弥。この撤去をたまにではなく、一月くらい、毎日毎日やったら、さしもの不法放置も無くなるのではないかと思うが、管理責任のある部署は及び腰、何もかも中途半端。

5メートル以上の幅のある歩道が、人一人通れるかどうかという状態にさえ成る。特に酷いところは、自動車の駐車場の横、駐車場の管理人が居るが知らん顔、私も時にとても見かねることがあるが、恐ろしくてそれを注意できない。高校生が大半、高校のシールが貼ってあるから分かる。一度校長先生に見てもらいたい。分別盛りのおばさん達の放置も多い。

人の迷惑ということに対して想像力が働かないのであろうか。

〔2006.12.23〕

何時起こるか分からない

何だってそうかも知れない。いつ何時何が起こるか分からないのが世の中だ。それを何とか知りたいと思う。天気予報など日本人にとってはその一番にくるものかも知れない。このごろは時間まで当たることがあるかと思うと、まるっきりはずれることもあって、どこまで信じていいやら。

今、東海沖大地震や、東南海沖地震、南海沖地震のことがやかましい。東海沖地震のことはもういつから言われているのだろう。「何時起こっても不思議でない」と。やたら不安をあおる。その警告をよそに、10年前には阪神淡路大地震が起きた。いつも、天災は不意打ち。

昨年来の耐震強度偽装事件、事件の首謀者たちは、地震が起こるまで気がつかなかったことにしておこうと談合していたらしい。どこからか漏れた。もう、大分風化してしまっている。

アスベストの問題は、それを吸い込んでから発病まで数十年という。我々もアスベストをいじって遊んだことも、天井や梁に吹き付けられていたところにいたこともある。いつか発病するかも知れない。

ＢＳＥにしても同じ事。原因物質を含んだ牛肉を食べてからその病気発症までやはり何十年もかかるという。この病気は、牛肉を食べなくても、自然に100万人に一人の割合で居るのだそうだ。牛肉を一度も食べない人はまれだろうから、その区別はどうしてつけるのだろうか。

地球温暖化の現象は、なかなか難しい。この寒さもその現象の一端かも知れないというからややこしい。確かに、温暖化物質の放出でなくても、みんなが火をたけば全体暖まるような気がする。工場や発電所の煙を見ていればそう思う。これも、何時どうなるか、色々予想を立てられるが、一体どうなるのか。

みんな悪い方向に向かっているような気がするときがあるし、そうでもないような気がするときもある。何時何が起こってもいいようにしておかなければならないが、それが又難しい。〔2006.12.11〕

スポーツクラブと時間の拘束

今年の名古屋大学のホームカミングデイ（2006.9.30）の催しの一つに「運動部同窓生と現役学生との交流会」というのがあった。今、各界で活躍中のＯＢの話を中心にした催しであり、随分な盛況だった。

色々得るところがあったが、その中でも質問に答える形だったと思うが、ＪＲ東海社長の松本正之氏（陸上競技部出身）が勉学と練習のことに関して、スポーツクラブに所属している限り、時間的拘束は当然であって、その中でいかに時間を見出していくかが各自の工夫だという趣旨のことを言われた。まさにその通りだと思う。質問者の言いたかったのは、多分、他の趣味もアルバイトも共存してうまくできる方法はないかということを聞こうとしたものと思うが、そんないい方法はないと一喝されたようなものだった。

クラブにも依るのだろうが、当日出席されたＯＢの方々の内、山岳部出身の清水哲太氏などは、殆ど山に行っているのが学生生活だったと言われた。今の制度の中で両立させていくのは難しかろうと思う。それかあらぬか、今山岳部は休部になってしまっている。

大学でのスポーツクラブはやはり学業と両立しなければなるまいと思う。中には、その競技で好成績を上げることによりプロに転向するということもまれには有ろうが、それを望めるのはよほどの天才だろう。

時間的余裕のない中でいかに時間を有効に使っていくか、大切な問題である。世の中一般、何か用を頼むときは忙しい人に頼めと言う。これも時間の有効利用を知っている人だからだろう。人それぞれに等しく一日は24時間である。それをどう使っているか、じっくり考えてみようではないか。

〔2006.12.23〕

「違う」は動詞

「有る」は動詞だが、「無い」は形容詞である。それは品詞というものをそのように規定しているのだから仕方がない。

今ここで書こうとしていることとは直接関係しないが、ちょっと不思議に思っていることがあるので先に書いておく。日本語では、「本がある」「本が無い」のように、「有る」「無い」はそれぞれ述語になる。「無い」という言葉が独立の語としてある(当たり前だという前にちょっと先を読んで欲しい)。ところが、英語でこれに当たる言葉は独立の一語としては無い。〝There is not …〟と言わなくてはならない。noとかnotとか否定を表す言葉はあっても、それはその一語で「無い」のように述語にはならない。これはどうも英語に限らない。「無」という字の本家本元の中国語でも、今「何かがない」と言うときには「没有」と「有る」を否定した形で言う。英語と同じだ。インドネシア語も同じように「あるada」を否定して、「tidak ada」と言わなくてはならない。もっともっと調べなければよく分からないが、何となく不思議だし、面白いと思う。

本題にはいる。

私は、「これはあれと違わない」という。共通語としてはごく普通の表現だ。「もし、予定と違わなかったらこういう事にしよう」というのも、普通の表現だ。ところがあるとき、こういう事を言うのに随分難儀をしていた人があった。関西系の言葉の人だった。「…ちがうくなかったら…」とか「…ちがうんじゃなかったら…」とか苦労していた。彼の日常語では「違う」は動詞ではなく、どうも形容詞だったのだ。「ちがわない」ではなく、「ちゃうくない」、「ちがった」ではなくて「ちゃうかった」(あるいは「ちがかった」などという言い方も聞く)だったのだ。典型的な形容詞の活用ではないけれども、少なくとも動詞ではなかったのだ。

「同じ」ということばも活用ということを言い出すと厄介だ。元々は形容詞だったようである。現在でも、「おなじい」と形容詞としての形もあるけれども、「おなじだ」という形容動詞でもある。形容詞かまたは形容動詞だ、ところが「違う」は動詞だ。「有る」と「無い」と反対の関係だ。それが、「ちがう」を形容詞的に働かせたい衝動となるのかも知れない。

ちょっと話が違うが、我が中学時代か、高校時代の文法の授業、先生曰く、「『きれい』は形容詞だ」と。今でこそ、「きれいかった」「きれいくない」などちょいちょい耳にするが、当時は未だそれもなかったように思う。それで、一瞬、耳を疑った。その活用を黒板に書こうとされた。ところが、忽ちに、拭い去って、何も言わなかったようなふりをされた。今も忘れない。先生のあわてた様子を。

〔2007.2.10〕

脱力

この頃自転車に乗っていてよく思う。脱力ということを。坂道を上るときにはどうしてもハンドルを握る手に力が入る。すると、肩まで凝る。下りは下りで、緊張してそうなる。そのとき、余分な力を抜くと途端に大変楽になる。ああ、これが脱力だなぁと思う。

空手を教えて貰ったときに、この「脱力」ということをたたき込まれた。突こうとするとき、その腕や拳にはじめから力が入っていては、疲れるばかりで威力は半減する。力を入れるのは、その拳が相手に当たる瞬間だけでいいのだと。なかなか難しいが、力を入れっぱなしでは確かに動き自体がぎこちない。力を抜いて動かさなければいけない。

このことは実は色々のところで同じようなことがある。今言った自転車がそうだ。ぎゅーっと力を入れていては、肩が凝って仕方がない。そこで力を抜く、スーッと楽になる。勿論、下り坂でも、道路に穴があったり不意に出てくる障害物があったりするから、油断は出来ない。一定の力は常に入れている必要はあるが、必要以上の力を入れていることはない。常に意識して、力を抜くことを心がける。なかなか言うべくして難しいが、意識して力を抜く。スーッとして実に楽になる。

古今集序文には「力をも入れずして天地を動かし、目に見えぬ鬼神をもあはれと思はせ、男女の仲をもやはらげ、猛きもののふの心をもなぐさむるは歌なり」とある。何も物理的な力を入れなくても歌というものにはそういう功徳があるというのだ。文章をつづるとき、論文を書くとき、力を入れないかと言えばそうではない。確かに物理的力そのものではない。しかし、この文章は肩に力が入りすぎてるね、などという評を聞くことも有るとおり、比喩的な表現に違いないが、肩肘を張った文章というものがある。

若いときにはどうしてもそういうことになりがちである。文が書けないという人は大抵最初から凝った格調の高いものを書いて、大向こうを唸らせようとするから、中々上手くいかないのだ。正に、肩肘の力を抜いて、なだらかに書けばいいのだと思う。

町を歩いていたら、木工道場と書いてある瀟洒な建物があった。大きなガラス一枚に花びらを散らした中に、大きく「息を抜いて／休みませんか…」と一杯に書いてあった。ちょっと変だなと思ったが、レントゲンを撮るときの「息を吸って、吐いて、止めて」という、「息を吐いて」ということなのだろうと解釈した。ストレッチなどやるときは、息を吐きながら伸ばすということをする。それを連想した。結局は、脱力ということなのだ。

ただ、誤解の無いようにしたいが、何をやるにも脱力が必要とはいえ、力を抜きっぱなしでは話にならない。必要以上の力を入れるなということである。その呼吸が難しく、自ら会得する他はないのだが。

〔2007.2.14〕

赤ちゃんポスト

熊本市の病院が、赤ちゃんポストの新設を申請し、熊本市は厚生労働省に許可を求めたところ、法律には特に違反するところはないという反応だった。ところが、政府では、首相はじめ猛反発、捨て子の勧めみたいにならないかとか、「赤ちゃんポスト」などという名称が気に入らないとかと。お役人も急遽、「いいと言っているわけではない、法律には違反しないが、なるべくはそういう物は作らない方がいい」と言ったとか弁明している。

昔から捨て子ということはあった。やむにやまれず、親は身を切られるような思いでいい人に拾って貰うことを願って捨て子をした。そのニュースの明くる日（2007.2.24）中日新聞の中日春秋の劈頭に、「今捨てる子にありたけの乳を呑ませ」という江戸時代の川柳が載せられていた。江戸時代の悲しい一面だ。子を捨てる一種の儀式のような物まであり、哀切さが身にしみる。

今の時代、我が子を、普通には考えられないような扱いかたをする親が居る。我が子を邪魔にし、自分の欲望だけを追求する人非人の親が居る。それをよく、畜生以下という言い方で表現しているのを見聞きするが、畜生はそんなことはしない。どんな生物も、涙ぐましいやり方で我が身を削ってでも子孫を残そうとする。尤も、一部の生物を除いては、自分の遺伝子だけを大切にし、同じ子供であっても、他の親の子は全く保護の対象ではなく、餌食ですらあるのが通例のようである。その点では万物の霊長人間は違う。勿論この点に関しても、人間特有ではないようであるが。

赤ちゃんポストに話を戻すと、ヨーロッパの国々の例が挙げられている。それで、これによって特に捨て子が増えるわけではないことを証明しようとしているようだ。確かに、捨てたくて捨てるわけではなく、やむにやまれずということなのであろうから、当然かも知れない。

何にしろ、子供受難の時代、赤ちゃんには抵抗のすべがない。あらゆる手だてでこの世に生を得た赤ちゃんの幸せを祈ろうではないか。名前が気に入らなければ、いい名前を考えて。

〔2007.3.5〕

これは、その後、正式に認可され、「コウノトリのゆりかご」の名称で設置された。

お門違い

最近、拙寺の周辺では、古い家がどんどん壊されて空き地になり、駐車場になり、駐車場がビル建設用地になり、その変貌は甚だしい。直ぐ北側では市バス車庫だった3000坪を超す土地が東京の不動産会社の手に150億円で渡り、そこに29階建て、99・9メートルの高層マンションが建とうとしている。市バス車庫だった以前、進駐軍が使っていた土地だったところで、何か地下に構築物があるらしく、それを壊すのに随分乱暴な工法を取っているらしく（困った中でのことで外からは分からない）震動が凄い。初めはてっきり地震だと思い、テレビを付けたが何も言わぬ。トイレに入っていても、落ち着いて出来ない。区役所に電話をし、何処に苦情を言ったらいいか聞いたら、保健所の公害課だという。事情を説明した。すると、公害課の係員も建設会社に掛け合ったらしいが、結果は、建設会社の係員が謝りに来ただけ、工法は変えられないと、その後も絶えず揺れている。がたがたと揺れどおしなので、他所から来た人がびっくりする。今もこんな工法が許されているのだ。確かに、杭を打つときは穴を掘って、以前とは違ってどすんどすんと打つことは無くなった。しかし、解体するときにはどうも費用もかかるらしく乱暴に打ち砕いている。何とかして欲しいものだ。木造の建物の解体ではこんな事はない。

これをはじめ、あちらでもこちらでも、ビル建設。直前には、近所に超高層ビルが新たに二棟建った。

ところで、拙寺の筋向かいにかなり広い空き地がある。以前駐車場だったところだ。不動産屋の所有になり、もう1年以上前から空き地のまま、塀が結われている。不動産を扱っている銀行が来た。その土地は130坪有るそうだ。今まで坪８００万円で売りに出ていたが買い手がつかない。半額に値下げしたから買わないかという話だ。そんなお金はないし、買っても使い道もない。とんだお門違い、来るところを間違えたのではないかとお断りしたのはもちろんだ。

ところが、値下げ効果だろう、その直後に売れたらしい。もう早速工事が始まり、８階建ての事務所ビルが出来るそうだ。

近頃、不思議な話だった。

〔2007.3.14〕

荒唐無稽

コウトウムケイと読む。「荒唐」とは、「言説がとりとめないこと、荒誕、妄説」とある（広辞苑）。全体で、「とりとめがなく考えに根拠のないこと。でたらめ」と意味が記されている。割合よく使う言葉だから多分その意味もみんなによく知られているのだろう。無稽の「稽」は考えの意味だ。だから「稽古」というのは、「古いこと、昔からの仕来りなどを考える」というのが原意なのだ。

この言葉を北朝鮮系の新聞が使って、日本を非難した。六カ国協議で合意した作業部会での日本の「拉致被害者」についての諸要求にこう言って反論したのだ。先には、ミサイル発射に対して取った日本の経済制裁について、交渉窓口になっている大使が日本の態度を「言語道断」だと言って息巻いたのを思い出す。今回は、わざわざハノイまで出向いて、日本をまったくコケにした態度、一体、この国の政府の人たちには誠意というようなものがあるのか。型どおり、作業部会は開いたよという事実を作るためだけの会合だったように思う。よく日本は我慢していると思う。

将来にわたり、未来永劫こんな関係が続くはずはなかろうが、こういう事を言った人たちはその時恥ずかしくないだろうか。政治の世界では、そういう言葉のことは後からは問題にされたことを余り聞かない。確かに未来志向は必要だから、過去の言説にとらわれるのは良くないだろうが、単に、形に表れた行為を問題にするだけでなく、このむちゃくちゃな言説についても、形のある行為と共にきちんと問題にし清算すべきではなかろうか。言葉の暴力は時としては実際の暴力より勝ることがある。ペンは剣よりも強しと言うではないか。

〔2007.3.15〕

過ちは易きところに

生活道路における交通事故の多発を警告している報道に接した。自宅から半径500メートル内において交通事故の50%が発生しているという。それを半径1キロ圏にまで拡大すると実に70%の事故がここに含まれるという。まさに、徒然草「高名の木登り」の段に兼好が指摘しているとおり、「過ちは近きにあり」である。

かく言う私も3年前、自転車で何でもないところでガードレールに激突、自転車は遥か先まで吹っ飛び、私自身道路に頭から激突、額を数針縫う怪我をし、前歯を折った。その経緯を「高名の木登り」と題して公表し、自ら反省の糧にしている。何も急ぐ必要もないのに急ぎ、ヘルメットもその時に限って被っていなかった。その時、車にひかれなかったのがせめてもの幸いだった。

生活道路は、多く狭いし、人も車も、自転車もいる。なかんずく、子供と老人が割合多い。それに、いつも馴れたところという安心感というか気の緩みもある。帰宅を急ぐ人もいるだろう。こういう諸々の条件が重なって、上記のような数字になるのだろう。このことは色々の所に関係する。

私は自転車を愛用しているのだが、自転車も、歩道や生活道路ではとても危なくてまともに走れない。危険と見えても、危ないと言われても、車道を通る。我れ人ともに気を付けているから、この方が、基本的に安全だと思う。しかし、やはり、自転車専用道路の無いのは、自転車乗りにとっては何とも恨めしいし、ガソリン消費量を減らすためにも、自転車の普及をはからなければならないのに、その障碍になっている。話は逸れたが、えてして、安全と思えるところには実は落とし穴があるのだ。

〔2007.3.18〕

底なし沼

呆れて何とも言いようがないというほかない。社会保険庁の年金の納入記録の問題。５０００万件の記録が、一体誰の納入記録なのか分からないという。政府もあわてた。一年以内に全部調べるという。年金の請求の時効が5年というのをあわてて撤廃した。それも、政府が、この法案を提出すると色々説明責任が出て面倒だというので与党の議員立法という形を取って、審議時間わずか4時間で可決して衆議院を通過させた。この時効撤廃ということ自体は、国民の利益、受益者の保護ということなので文句は言いにくいが、一体どうしてそんなことになっているのだということの説明抜きでやってしまうというところに、責任逃れと、胡散臭さがつきまとう。

それは致し方ないかも知れないが、やはり、納入記録の不明問題は重大関心事だ。社会保険庁も土日抜きで対応に忙しい。今、この問題に当たっている人たちには気の毒であるが、やっぱり一体何故ということは、徹底的に追及しなければならない。この問題で、テレビ等のインタビューを受けた多くの人たちが、国のやっていることに信用がおけないと言っている。これは由々しいことだ。

原因は、多くは、コンピュータに入力する際に、かなりずさんなことをやっていたらしく、そのツケが回ってきたことのようだ。我々が書類を出すときには一々面倒にも、何もかも振り仮名まで付けさせているのに、入力する際、名前を間違えて読んでそのままにしたという証言もあるが、一体何のための振り仮名なのか。自分の納入記録に疑いを持って確かめに行く国民一人一人にとっても、それに対応する役人の仕事という面でも、莫大な損失である。これを一体誰が弁償するのか。結局いい加減なことをしていた役人達の尻ぬぐいだ。

定年後に天下りして、この社会保険庁はじめいくつもの偉い様をやって莫大な給料と退職金を貰った人たちのことも云々されている。事実とすれば、是非、その有り金をはたいて国民に対して弁償して欲しいものだ。これに限らず、以前、身ぐるみ剥がれて自分の居場所もなくなった代議士が居たが、そのように、こういう銭の亡者に対しては、役人に限らず、悪徳企業の偉い様も含め、銭で償わせなければならない。

〔2007.6.9〕

社会保険庁

今度の騒ぎは一体どこでどういう事になって起こったのか、その経緯をきちんと説明して欲しいと思う。

５０００万件にものぼる不明な書類があるというのだ。誰が支払ったのか分からなくなっているということ。裏返せば、保険料を払っているのに払っていないことになっている人がいっぱいいるということだ、それで大騒ぎ。信用していたのに、一体何をやっているのだ、国のやることだと思って任せたことだ、今更領収証をと言ったって何十年も前の物があるわけがない、呆れて物が言えない、等々の声が聞こえている。

社会保険庁も大騒ぎ、急遽問い合わせに土日も返上して当たると言い、その専用にフリーダイヤルも設けた。これが明るみに出て僅かの期間に、すでに40万人からの人が確かめに押しかけたという。途中でコンピュータもダウンして、折角休みを返上してきた人も肩すかしを食ったりしている。

このほかにも手書きの書類で１４３０万件もの書類が放置され、コンピュータに入力されていないという。これらの中には、もう亡くなってしまった人も沢山いるだろう。政府与党は、これが参議院選挙の争点となってマイナスになるのを防ぐために、急遽請求に関しての時効を停止する法案を議員立法で成立させた。如何にもあわてふためいた様子である。これも、近づいた選挙のお陰であり、そうでもなければ、知らぬ顔の半兵衛で、請求しない方が悪かったですまされてしまっていただろう。

この背景には、年金のシステムの複雑さがある。素人には皆目分からない。送られてくる書類を見てもああそうですかと言っているほかない。分からない方が悪いと言わんばかり。私に送られてくる物を見ても、色々な数字が並んでいるが一体それがどういう意味があるのかは余り説明はない。何回も通知を貰っているがそのたび毎に支給金額が減っていることだけが分かる。何故減るのかは分からない。どうせ、殆ど支給停止になっているから、特別問題はないとはいうものの、不可思議である。これで生活している人にとっては、まさに死活問題である。

どうやら、社会保険庁の役人達の証言から、コンピュータに移し替えるときの仕事がいい加減だったことが浮かび上がっている。我々には、一々名前に振り仮名を付けさせるのに、人の名前を間違って読んだり、入力したりしていたらしい。勤め先を変えた場合が鬼門だ。それも、個人的にはきちんと書類を出して整理しているはずなのに、肝心の役所の方がずさんだった。こういう事を許していたのは一体誰の責任になるのだろうか。是非是非はっきりして欲しいものである。真面目な国民は本当に怒っているし、心配している。これを又不逞の輩の利益になるようなことだけはしないで欲しい。

〔2007.6.14〕

「踏む」と「回す」

行きつけの自転車屋で何かの折りに、あなたは「回すのでなくて踏んでいるんですな」と言われた。この頃自転車に乗っていて、この言葉を時々思い出してなるほどと思う。道中には大した坂でもないが、上り下りが幾箇所か有る。登りながら考える。確かに自分は踏んでいるのであって回してはいないなと。

自転車のペダルには、それを下に踏み込むだけでなく、他方で引っ張り上げるように、足とペダルを連結する装置（クリートとか言った）が有る。私もちょっと使ってみたが、なかなか上手く使いこなせない。停まるときペダルから外さないと、転んでしまう。転んだことはないが、何となくぎこちない。一度、車にやられたことが有った。その時、もし、足を固定していたら多分大変なことになっていただろうと思う。そんなことが有ってか、そういう靴も買ったが使っていない。しかし、痛痒を感じない。恐らく、私の乗り方が、「回す」のではなく、「踏む」だからであると思う。

私の自転車は、通勤・移動の手段であると同時に相撲の稽古のつもりである。足腰、特に「足」を労せずして通勤の途中で鍛えているのである。効果がどれほどかは知らないけれど、自分ではそう思っている。だから、余計「回す」意識よりは「踏む」意識が強いのかも知れない。

そのつもりが有ってかどうかは自分でも分からないが、大抵の坂道はトップギヤーで走っている。もっと、ギア比を上げて欲しいと頼んだところ、市販の製品ではこれで精一杯、これ以上は注文で作るほか無いと言われた。そこまでする必要も無かろうと思い、可能な範囲で最大にして貰った。今やトップでもさして重くも感じない。脚力が付いたせいかと思う。

やっぱり、私がペダルを漕ぐのは、回しているのでなく、踏んづけているのだ。

〔2010.7.31〕

言ったことには責任を

今回の参議院選挙（2007.7.29）は、年金記録の紛失、政治と金の問題、閣僚の失言・暴言等、政府与党にとっては、まさに逆風の中だった。しかし、その中で、安倍首相は、敢えて、首相として（と言ったか、国の指導者としてと言ったか、正確には覚えていないが）、私を選ぶか、民主党小沢さんを選ぶかと、言っていた。参議院選挙は、ずばり政権を選択するための選挙ではない。にもかかわらず、参議院選挙で敗退して、退陣した首相は過去に複数いる。今回の負けはそれに劣らない負けっぷりだ。その結果のでないうちに早々と安倍さんは「続投」（これは変な言葉だが、適当な言葉が見つからない）を宣言し、選挙の翌日、自民党の役員会でもその意思を表明して、一応了承された。了承した役員の中には責任を取って辞める人もおり、苦渋の決定であったことは重々察せられる。党内から、異論もないわけではないが、強力な対抗馬（これまた「馬」に例える変な表現だ）が現れない。第一の候補だった麻生さんは負けの決まった直後に、安倍さんの続投を支持していると伝えられた。勘ぐれば、いま後継におさまるのは火中の栗を拾うようなものだと思ったのかも知れない。そんな周囲に助けられたのか、見捨てられたのか、安倍さんはこれから苦難の道を歩もうとしている。

党内からは細々だが、続投するなら国民の納得できる説明をすべきだという声が聞こえる。しかし、それは土台無理だろう。国民の意思が自民党を見限ったことははっきりしており、政権選択の選挙ではないというものの、安倍さん自ら言った、小沢さんを選ぶのか、私を選ぶのかについては、明確な意思が表示されている。自縄自縛である。国民が基本的なことは納得している、今進めている改革はどうしても進めなければならないというのは、首相の独りよがり以外の何物でもない。それにノーを突きつけたのが今度の選挙だ。こういう論理が通るなら、選挙の結果など意味がない。

参議院で法案が否決されても、絶対多数の衆議院で、三分二以上で再議決すればいいという考えがあるのかも知れないが、その多数も安倍さんの自前の議員ではない。早く、衆議院を解散して、本当の政権選択の選挙をしなければなるまい。

日本人が好きな「まこと」という言葉は「真実の言葉」、それが「真」である。「まこと」の通用する世の中であって欲しい。

〔2007.7.31〕

百日紅

「さるすべり」と読む。暑い夏の盛り、赤、白、ピンクその他微妙な色合いの花が次々に鮮やかに咲き、まさに百日の紅である。その樹幹は、さるすべりの名の通り、つるつるしている。そして、庭木として植えてもいっかな大きくは成らないから、逆に珍重される。

この百日紅が、名古屋の町の中には、街路樹として割合あちこちに植えられている。この数日来の猛暑の中にもめげた様子もなく咲いている。それはそれでいいのだけれども、こう暑いと、木陰が恋しい。その意味では、この百日紅の街路樹は全く無力だ。ケヤキ、プラタナス、アオギリ、シンジュ、ポプラ、トウカエデ、イチョウあるいはサクラなどが、涼しい陰を作ってくれている。こういう涼しい陰のある道を選んで通ろうと思うのだが、なかなかそうはいかない。建物の陰ですら、この炎暑の中では嬉しいが、街路樹の作る陰はそれ以上のさわやかさを感じる。東山公園の横を通るときにはひときわ涼しさを満喫する。

それに比べ、この百日紅の街路樹は、どういう目的で植えられているのか、日陰などはどうでもいいと思って植えられているのだろうか。百日紅そのものに何の落ち度もないのだが、暑い最中には、どうしてこんな木を植えたのだろうか、などと恨めしくさえ成る。

〔2007.8.16〕

（今年一番の暑さになるだろうと予報されていた日）

度量衡のこと

少し前のこと、NHKの番組の中で、枡や物差しといった、物を測る道具についての展示会の知らせがあった。その中で取り上げていたことに、鯨尺と曲尺の紹介があった。その説明を聞いておやっと思った。いわく、鯨尺は曲尺より約5cm長く、約38cmだと。私の知っているのとはちょっと違う。念のために辞書で調べてみると、鯨尺は「元、布をはかるときに使ったものさし。鯨尺の一尺はかね尺の一・二五尺（=約三七・九cm）。」とある。他の辞書を見ても大同小異。「かね尺（曲尺・矩尺）は、鯨尺の八寸」とある。又、これは、三〇・三〇三cmに当たると書いてあるものもある。

これだけ見ても、NHKで言っていたことは余り正しくないことが分かる。38cmはともかく、曲尺より5cm長いというのは随分いい加減である。

もう少し詳しく、「単位の辞典」という本で見てみると、尺貫法という日本古来の度量衡単位は、中国の影響で用いられたものとしており、朝鮮半島のものの影響を受けているとされるが、その原器があるわけではなくて、厳密な独立した単位系とは言えないという。日本ではメートル法が採用されており、1966年以降は取引・証明には尺貫法の使用は禁止されているが、建築用の曲尺と和裁用の鯨尺については、その物差しの製造・使用が認められている。

鯨尺については、これは裁縫用で、曲尺の1・25尺であるが、その起源は不明とする。これは明治の制度において初めて公認され、物差しを鯨の鬚で作ったのでこの名があるとする。曲尺・矩尺には「曲り金・さしがね・かねざし・大工金・かね」などの異名があり、明治政府が尺を定めるに際して、寸法に多少の出入りがあったのを33分の10メートルを1尺として、今日に至っているものだという。

現在公式には使わない単位であるから、少しくらい間違っても特に支障はないとは思うが、基本的には、もう若い人々は知らないことである。そういうことは言うならばやはり正しく言ってほしいと思う。我々が学生の頃には、相撲取りの身長・体重は尺貫法で、たとえば、5尺8寸、36貫などと言っていた。因みに、此をメートル法に直せば、ほぼ、174cm、135キロということになる。

直接関係はないが、「里」という単位。一里塚という言葉を理解するにはそれがどれほどの距離を言うのか分かっていたほうがよかろう。大学生に聞いてみたが、余り正確なことは知らないようだ。

歴史上、重要なことの一つとして、邪馬台国の位置を、「魏志倭人伝」の記事からそれを知ろうとする。それには、朝鮮半島の帯方郡から南に何里、東に何里、水行何里、陸行何里などと書いてあるが、未だにその位置は確定しない。大和説と九州説とがある。随分離れているが、その記事の読み方によってどちらにでも成る。ここにある「里」は現在普通に言う「里（約4km）」とは相当違う。それで計算したら、朝鮮半島から、九州に来るだけで、もう地球半周以上もしたような数字になってしまう。度量衡の単位は、時の権力者によって変えられているので、その単位が、一体どれだけを指すのか、正確に知らないと大事な記事を誤解してしまうことになるから、気をつける必要がある。

〔2007.8.16〕

点検

今回の中華航空機の那覇空港における炎上事故では、何より、死者が出なかったことだけが不幸中の幸いである。勿論これは他人の言うこと、当事者にあっては、荷物は全部焼けてしまい、帰国した人にとっては、土産物はじめ思い出の品を失ってしまった。これから旅行をしようとする人には、それどころでは無かろう。旅行を続ける気にもなれまい。脱出する際、やはり手荷物に未練を残し、邪魔な物を持って滑り降りた人もいたという。責められないが、やはりスムーズな脱出には大いに邪魔だっただろう。全部脱出できたからいいようなものの、一人でも残されていたとすれば、こういう人は非難もされようし、悔いの念も残ったことだろう。何はともあれ、死人のでなかったことは我人共によかったと思う。

それに、地上で起きたことであり、多くの目撃者がいて、一週間でほぼ原因の究明も出来た。結局は機体の整備ミスだ。そのため、事故後には同型機について矢継ぎ早に種々の点検の指示が出されている。そのことをとやかく言うのではない。当然のことだと思う。しかし、一点、何となく割り切れない物が残る。仕方のないことかも知れないが、全部後追いという感じがぬぐえないのだ。勿論、定期的に全部について点検しているのだろうが、それにも関わらずこういう事が起こるというのはどういう事なのだろうか。やはり、想像力を働かせて、未然に不具合の起こりそうな所を事前に見つけ出さなければなるまい。

逆に、もう旧聞に属し、忘れられてしまったと思うが、強く印象に残っていることがいくつかある。その中で、名前を覚えているのが、エアーマークスカイラインとか言う、僅かな飛行機で大航空会社に挑戦しているところが、定められた点検項目を長らく放置したままで運行し、当局から大目玉を食ったという話、点検をすっぽかしたことはいけないことであるが、その点検は放っておいてもなんとも無いということが、結果的に証明されたということのように思った。

原発などについても、この定期点検のことがよく話題になるが、事故が起こるのは、点検されていないところで起こる。20何年間一度も点検もしたことがないパイプが破断してとか、金属がぺらぺらにすり減っていたとか、事故後は気をつけるのだろうが、やはりしらみつぶしに全部見なければなるまい。大変なことだろうが、単にマニュアルに従っているだけでは何とも成らないという気がする。

〔2007.8.27〕

教師冥利

最近、小学校、中学校、高校、大学を問わず、教師はつらい立場に立たされることが多い。大学ではともかく、小中学校ではストレスが昂じて不登校になる先生が居る。中には、指導力不足ということもあろうが、政府はそれを笠に着て、免許書き換え制を導入してしまった。自動車の免許だって、よほどのことがなければ書き換えできないことはない。教員の免許の書き換えはどうやってやるのか知らないが、今必要なのは、教員を虐《いじ》めることではなく、士気を鼓舞することだと思う。

大学でも学生の幼稚化とともに本来の大学では考えられないようなことが起こっている。希望者全員が入れるようになったのはいい。しかし、全員を卒業させなければいけないとなるとことは別だ。中教審だったか、出るときには一定の達成がなければいけない、卒業条件を厳しくしなければと言う。至極当然だが、余所の国のまねでなければ幸いだ。日本人の本性なのかどうか知らないが、一旦我が元に来た学生はどんなことがあっても、手取り足取りしてでも卒業させてやりたいといって何とか卒業させる。至極いい話ではあるが、やっぱり一定の水準は保たなければなるまい。学生の最低条件は向学心、向上心があることだと思うけれども、これすら今や怪しい。一定の知的水準を保つことは大学にとっては絶対条件だと思う。

あるとき、授業アンケートの時、教員が自由に設問することの出来る欄があるので、「あなた方は学問的向上心を持っていますか」と不躾な質問をした。多くの学生は、「そう思う」、「まあそう思う」と答えたが、1割くらいの学生が、全く持っていないと答えた。私は多少予想されたこととはいえ呆れた。そういう学生に向かって、「即刻大学を辞めたらどうか、あなた方にとっても、高い学費を出してくれる親さんたちにとっても、大学にとっても何にも成らない、こんな事を言うと学長には叱られるけれども」と言ったことがある。尤も、誰も、それで退学したのは居なかったが。

そういうなかで、こんな新聞記事を見た。見出しに「教員の努力に応えなければ」（2007.9.18中日新聞「大学生」欄）とある。読んでみて、その学生の真剣さ、その努力に感心した。そして、「学生に比べ、教員は大変に思える。…教員の努力に、私達学生も応えなければと思った」とあった。我々教員からみて、面はゆいところもあるが、こういう学生が一人でもいてくれるとなると手は抜けない。教師冥利に尽きる。そして、一言余分ながら付け加えれば、若い学生諸君は身体能力的にも、頭脳的にもかなり過酷な訓練に十分堪えうるはずだと思う。

しかし、現実は残念ながら、我々が意気込めば意気込むほど学生は多く鼻白んで、聞いているのかいないのか。おしなべて向上心、向学心の欠如は深刻だと思う。こうなっては、大学に未来はない。

〔2007.10.19〕

オーライオーライ

10月の初めの頃だった。午前8時、そろそろ町は喧噪が始まった。その中から、工事車輌の誘導をする「オーライオーライ」という声が響いてきた。現在、我が家の周りは空前の建設ラッシュ、一時の超高層ビルの建設は一段落、それに引き続き、拙寺から、直径ほぼ150メートル以内の範囲で、かなりの規模のビルが8棟建設中、既にその中の2棟はもう完成、続いて、旧来の建物を壊して、新たに工事が始まったところもある。2008年中には大方完成、その中の巨大マンションは2009年になる。新聞記事にもなったので、御承知の方もあろうが、最上階は200平米ちょっとの部屋になるそうで、5億円とか。拙寺の直ぐ後ろに立てられている。拙寺を正面から見ると、工事中のクレーンが倒れてきたらひとたまりもないような光景。そのマンションはおっかぶさるように出来る。始終見下ろされなければならない。

そんな中で、さわやかな空気をついて聞こえてきたオーライオーライの声、奇妙な話だと思われるかも知れないが、実によく澄み渡った、聞いていていてほれぼれするような響きだった。一体、どこからかと聞き耳を立てたが分からなかった。又、明日もと思って心待ちにしていたが、その後、ついにその声を耳にしない。

ほんの些細な出来事かも知れないが、未だにその声の響きは残っている。その時のさわやかな気分も残っている。いい声というものはいいものだ。

私は、月参りに行ってお経を読む。喉の調子で、声のよく出るときとうまく出ないときがある。よく出るときは疲れないし気持ちもいい。恐らく、お参りをしていてくださる方も同じ思いであろう。今までも、出来るだけ喉を大切にしてきたが、あのオーライオーライを聞いてからは、一層その思いが強くなった。枕草子だったか、確かめてみればいいのだが、「法師は顔良き」などという文句があった。「法師は声良き」と付け加えたい気がする。いつぞや、NHKラジオで彼岸法要の中継があった。朗々たる声で、回向文を唱える場面を聞いたが、ほれぼれした。知恩院の朝課の折にも同じような声を聞いた。皆耳に残っている。いい声は心に響く。

喉の調子の悪いとき、咳払いがよく出るようなとき、不思議なことに、あるお経を読むとそれが解消されることがある。何故だろうかと長年思っている。

〔2007.12.18〕

餃子事件

昨年から食の安全とか、賞味期限の偽装に関する問題が幾つも起こった中で、今年になって、輸入冷凍餃子に毒物が混入していたという由々しい問題が勃発し、連日、テレビ・ラジオ・新聞を賑わしている。

食物の多くを輸入に頼っている日本、そのことはそれで問題もあるが、一朝一夕に解決できる問題ではないから、そのことと今回の事件とを混同してはならないと思う。

ただ、昨日（2008.2.15）のテレビニュースで、その製造に関わった会社の社長が口角泡を飛ばさんばかりに、今回の事件で我々こそが最大の被害者であると言っていたことに関しては、俄に同意できない。製造会社は、信用は失墜するし、物は売れなくなるし、甚大な被害を受けたことは確かである。しかし、「最大の被害者は会社だ」という主張にはやはり同意できない。被害者である可能性も勿論あるが、なんと言っても最大の被害者はそれを食べて、意識不明の状態にまでも成った人である。それに対する見舞いの言葉があった後に、我々こそが最大の被害者だと言うべきだ。

幾つかの情報が伝えられている。その餃子の袋に穴があったとか、穴が無くても、毒物が混入していたとか、さらに、殺虫剤の成分メタミドホス（こんな難しい名前を覚えてしまった）が入っていたものの製造年月日が、別々の日で、輸入ルートも別だったとか、さらに、別の殺虫剤の成分ジクロルボスがもっと前に製造された物に混入していたとか、その一部は、実は店頭で使われた殺虫剤だったとか、メタミドホスは日本国内で作られた物ではないとか（こんな事が、分析結果分かるということは凄いなと思う）、製造工程には問題はなかったとか、一旦封をした物を開いた後又同じように封をすることも出来るとか、実に色々なことを考えさせられる。いろいろな情報が小出しに伝えられ、なかなか真相に関するイメージが凝縮しない。

今回の事件、未だ真相は分からないが、故意に行われた犯罪の気配は濃厚である。早急な真相究明が、会社にとっても、被害を受けた人にとっても、輸入や販売に関わった人たち、消費者にとっても何より求められることだ。誰かがやったことだろうが、このことによって、日本と中国との間がおかしくなるような事だけは避けなければならない。

中国・日本の警察が共同して事件の解決に当たろうとしている。こういった中でも、新たに残留農薬だろうと思われるものが検出されている。根は深いかも知れないが、徹底的に調べて欲しいと思う。

〔2008.2.16〕

十三里半

ラジオでサツマイモの話をしていたのに触発された。サツマイモの好きな人は多い。焼き芋は今も冬の風物詩だ。今のサツマイモはどうやって食べても美味しい。ただ、以前にはあった、ホコホコなのではなくて、むしろべチャべチャだけれどもめっぽう甘いてのサツマイモにはめっきりお目に掛からなくなった。

戦後の食糧難の折に食べたサツマイモは総じて美味くなかった。甘みも少なかったり、スジスジであったり、美味いものではなかった。種芋にして芽が出た後に掘り起こして、中身の無くなったようなかす芋も食べた。それでサツマイモは何よりも飽き飽きしていた。米の配給など一ヶ月に一日半分とか二日分などという有様で、芋の粉とか、トウモロコシの粉などの代用の配給も始終あり、それで作ったパンも何と美味くなかった事か。腹を空かせていたときでさえそう思った。でも、贅沢は言ってられなかった。記憶は誠にかすかだが、酷い物だと今も覚えているのが米の替わりの配給のイカの塩辛だった。大好物だという人もいるかも知れないが、子供にとっては何とも成らぬ物だった。そういう類の物はみんな嫌いになってしまい、後年まで、食べる気がしなかった。

大学一年の時、北海道に七大戦があって旅行したとき、札幌大通公園で焼きトウモロコシを売っている屋台があって、いい匂いがしていたが、やはり食べる気にならなかった。芋やカボチャ、イカの塩辛についても同様だった。

しかし、今や、サツマイモは言うに及ばず、カボチャってこんなに美味い物かと、パンプキンパイなどを賞味するし、イカの塩辛も酒の肴にはいい。

この中で、サツマイモに対する好みは最も早く好転した。焼き芋である。石焼き芋を作ったり、砂を暖めて焼いたり、壺焼き、たき火で焼く等色々の食べ方をした。まさに、ラジオで言っていた「栗よりうまい十三里」だった。亡父は、これを「十三里半」と言っていた。こころは、「九里」「四里」美味いのだから、十三里ではなく、十三里半だというのだ。何も「半」でなくても十四里でもいいが、一寸美味いと言うつもりだったのか。

広辞苑を見ると「十三里」は「九里より（四里）うまいのしゃれ、さつま芋の称」とあるが、身びいきかも知れぬが「十三里半」の方が気が利いていると思う。

そんなサツマイモで手痛い目にあったことがある。砂で芋を焼いて食べた時だ。どうしたわけか猛烈な腹痛。その時の思い出の中に、どういう訳か、母の姿が全く無く、父が色々な注意をしながら看病してくれたのだった。食べ過ぎだったたか、砂にばい菌が居たのか、何かだったのだろう。60年以上前の淡く苦い思い出だ。

〔2008.2.19〕

メイド イン ジャパン

以前「メイド イン ジャパン」と言えば、粗悪品とは言わぬまでも、それは大した価値はなかった。それより以前は、安かろう、悪かろうという時代があったと言うが、それは私の知らないことである。ところが二、三日前のテレビを見ていて、今や、この「メイド イン ジャパン」はいろんな分野で高級品、安全な商品というブランド価値を生んでいるという。何か誇らしげな気持ちになる。

最近、輸入粗悪品、安いことは安くても、正に粗悪品そのもの、あるいは、安全性に疑念を持たれるような物が多くある。それを輸出している国ですら、数倍から、もっと高い日本製品を安全だからということで求めるということもあるらしい。米など、中国で輸入が解禁されたと言うが、10倍以上もする物が富裕層にはよく売れるという。

今の時代の動きは速いから、二、三年前のことを言うとピント外れになるのかも知れないが、中国の大学の食堂での代金は、せいぜい日本円で30円から4、50円程度、それで十分で、日本と比べれば、十分の一以下だった。その中国でこういう事は、単純に言えば、百倍の差もものともしないということである。中国の一部がそれだけ金持ちになったということである。

それだけでなく、日本の、特に、食品の安全ということがよく知れわたったのだろうか（確かに、食品の安全には、一寸神経質ではなかろうかというほどに感じる）、海外からの高い評価が寄せられている。それだけでなく、日本食に対する栄養面での評価は欧米でも高く、各地で日本食に対する需要が高まっている。それで、ちょっとお節介にも、日本食レストランなどについてその日本食の度合いについて認定しようなどということを考えた人がいて、問題を起こしている。日本食と言ったってその土地その土地で違いがあるのは当たり前だから、正に大きなお世話である。

何にしても、メイド　イン　ジャパンの価値が上がることは嬉しいことである。

〔2008.3.1〕

うらがね

　以前岐阜県庁での裏金が明るみに出て、随分すったもんだの末、その責任を取って、前知事が返済の指揮を執って大体は片付いたようだ。他の県でも幾つか問題になったが、一々は覚えていない。岐阜県の裏金問題では、返せと言われていた中に、新潟県知事になった人がいる。しかも、すんなりそれを認めず、弁済を拒否したということがあった。その後どうなったのか、多くのニュースの定石通り、後日談には接していない。

　今又、名古屋市の例が問題になっている。金額がどんどんふくれあがっていく。一体誰が弁償すべきなのか、関わった人も、関わらない人も一律に返せという議論はおかしいというのや、差をつけろという意見などがあると聞く。確かに一理ある。何の関係も無い人にまで責任を負わせるのは、責任のある人を免責するのと同じだ。しかし、一体、何故こういう事が起こるのか、と言う議論は余り聞こえてこない。こういう物を生む体質が構造的に有るのだと思う。今の予算制度については素人が考えてもおかしな事が幾つかある。年度末の予算消化など、納税者を馬鹿にしている。割り当てられた予算を使い切らなければ翌年減らされるというので、無駄に使っているのだ。飲み食いに使う予算が無いのは仕方なかろうが、中には必要な経費があるのではないだろうか。勿論、民間企業にあっても、そんな費用は個々人が積み立てて使うのが普通だから、余程の場合に限るが、それを認めないために、空出張や水増し請求で裏金を捻出するのはより被害が大きい。

単年度予算による弊害は、除こうと工夫すれば出来るのにやらない。私が関係する福祉施設でも、このお金の使い方には、責任者は四苦八苦している。足りなくなれば困るし、余れば、監督官庁に叱られ、返済させられることもある。そんなに一年こっきりできちんと一円の狂いもなく出来るはずはないし、不時の支出に備えて若干の準備はしなければならないが、なかなかそれが許されない。そうなれば、裏金を作っておくということも発生しかねない。

裏金など作る必要のない制度を考えなければ成るまい。飲み食いのために公金を使うのは以ての外だが、決して、飲み食いするためにだけ裏金を作っているわけではなかろう。

〔2008.3.1〕

玉は彫琢によりて器となる

切磋琢磨という言葉がある。割合よく使われる。「切磋」というのは骨・角・玉・石などを刻みみがくことという意味、それが転じて道徳・学問などに勤め励むことと広辞苑にある。「琢磨」も似たような意味である。この四字の熟語で、仲間どうしが互いに励まし合って学徳を磨くことを言う。現在、更に広く単に、学徳だけでなく、技芸などにも転用している。オリンピック代表に選ばれた水泳の北島選手がこれから、切磋琢磨して大会に臨みたいと言っていたのを聞いた。

人々が重宝とする玉も元から光り輝いているわけではない。原石から取り出して磨かなければならない。原石から、玉になる物を見いだすことも大事であり、それを磨くことによって玉としての価値を持つようになる。

標題のことわざのような言い方は、決して、そういう玉の製造法を言うわけではない。人が人としてまともな人間になるためには、それ相応の努力が必要だということを言うのである。

人の成長に関しては、実際に実験をすることは出来ない。ある人を磨いた場合と磨かなかった場合を比較することは正確には出ない。しかし、経験的に、同じような能力を持っている人でも、努力して自分を磨いた人とそうでない人はやはり雲泥の差となる。

そのための装置を人間は色々工夫している。他の動物などにはないことである。学校などそのための重要なアイテムであろう。しかし、そこでも、差が出来る。自分を磨くように努力したかしなかったか、又、仲間どうしの切磋琢磨があるかどうかである。

才能を見出して訓練する名伯楽も必要だ。自らの努力に拠るところと、教育者の二人三脚がとても大切である。これが出会いの大切さだろう。

〔2008.4.25〕

だから言ったのだ

名大祭で、模擬店のクレープを食べて食中毒、というニュースが伝えられて最初に頭を過《よぎ》った。「だから、そう言ったではないか」と（後からこういう事を言うのは嫌いなのだが、これだけは言っておきたいと思う）。

以前、毎年の学年暦についての案が審議の対象として、教授会に示された。私は何回か、名大祭の日程に物言いを付けたことがある。この時期を避けろと。しかし、誰一人私の意見には賛意を表さなかった。

もともと、この6月に開催されるのは、伊勢湾台風の所為で、偶然そうなって、以後それを踏襲してきただけなのだ。だから、それを伝統だと言ってしがみつくほどのことはない。というのは、私自身が学生の時始まったことだからよく知っている。それは主として体育祭の色合いのものだった。当時、模擬店で食べ物を売るなどということはなかった。体育祭だけならば問題はなかったかも知れない。だから、当初は何も今回のような問題は起こらなかったが、それ以後様子が違ってきた。問題が起こらなかったのは幸運だった。

ただしかし、私は、この時期の開催にはことあるごとに長年異議を唱えてきた。でも無視され続けてきた。私の言うことには、誰も耳を貸してくれなかった。私の強調した理由が、6月というのは学年はじめの種々の行事が一段落して、何の邪魔もなく授業が出来る時期、その時に、こういう行事を挟まないで欲しいということだったので、聞いて貰えなかったのかも知れない。もっと、この時期の食中毒の危険性について注意を喚起すべきだったと今になって後悔している。

これから、これを教訓にこういう事の無くなることを祈る。

それとともにもう一言憎まれ口を言えば、学生はこんな金儲けに走るなということ、今、食の安全ということが喧しい。学生だとて、責任は免れない。社会人なら、再起不能なほどのダメージだ。僅かな金のために（というと叱られるだろうが）、こんな危険なことには手を出さないで欲しい。それでもやるなら、食品を扱う以上は、徹底的な衛生管理の上でして欲しい。

〔2008.6.10〕

国民がやかましい

福田改造内閣で農水省の大臣になった大田さん、農産品の輸入に関して言ったのだと思うが、「何しろ、我が国の消費者は喧《やかま》しいので…」とのたもうた。あれだけ首相自身が国民の目線に立って…と言っているにもかかわらず（話は違うが、この「目線」なる言葉、分かるけれども、何となく違和感を覚える）。ＢＳＥの問題、残留農薬の問題、今年初めに起こり、未解決の毒入り餃子の事件、はたまた、賞味期限切れのもののラベルの貼り替え、生産地のゴマカシ、中身と表示の不一致等々挙げだせばきりのない食品関係の問題山積の農水省の大臣、このところずーっと農水省の大臣には色々の問題があった。又その続きなのか。

消費者、国民が喧しいとは何事だと言いたいが、それは、閣内でも論議され釈明に努めているから、先ず措くとする。抑も、国民が喧しくてはいけないのか。何でも黙ってはいはいと言うことを聞いてくれればそんな楽なことは無かろう。又、そのように何も文句も言わずにいられるような施策を講じてくれるなら、国民にとってもこんないいことは無かろう。しかし、そんなことはあり得まい。とすれば、国民が、正すべき事柄を一々言挙げしてくれることこそが政府にとっても、やりにくいと思うかも知れないが、自分たちの気がつかないことを教えてくれるので感謝しこそすれ、「喧しい」などと言うべきではない（九州の方言では、「やかましい」は「そのことについて詳しい」ということで、悪い意味ではないとかばう人もいる）。

今世界を眺めてみて、と言っても、新聞・ラジオ・テレビ等を通じてのことだけれども、言いたいことの言えぬ国や地域がいっぱいある。と言うより、思ったことを思ったように言えるところが少ない。その点、油断は出来ないが、日本では一応言論の自由は保障されている。ひょっとすれば、されすぎているとさえ思える。子供の有害サイトへのインターネット接続を制限するのですら、表現の自由を侵すなどという御仁もいる。どこかの国のように、政府批判に通じるような言論が見られるサイトは全部閉鎖して国民の目から遠ざけたり、外国からの電波は全部妨害したり、衛星経由で話の出来る電話など持つことすら禁止の所がある。テレビの実況放送が一分遅れだったということを聞いたときには唖然とした。そんなにまで国民が怖いのか。あまりの自由が必要かどうかはともかくとしても、自由がいい。ただ、他人の自由を侵すようなことは断じていけない。慎みのある自由こそが人々の自由を保障するのである。

〔2008.8.19〕

後日談になるが、かの大臣、非食用米に関する諸々の不始末の責任を取ると言って辞任した。農水省の責任ではなく扱った業者の責任だと言った事務方トップも辞めた。この辞め方は別の問題があるが、又の機会にしよう。

〔2008.9.19〕

街路樹

暑いさなか、名古屋の町中を自転車で走り回った。と言っても全体から見れば一部に過ぎないけれども。暑い最中だけに、街路樹の日よけの役割がよく分かった。

概して言うならば道幅の広いこともあるけれども、日よけの効果のある街路樹は少ない。以前に書いたことがあり、一部からは反論があったが、今回も百日紅の街路樹はナンセンスだと思った。確かに綺麗ではあるが、それは庭にでもあればの話だ。日よけ効果はゼロ。

一番良かったのはケヤキの並木。名古屋の道路には特別の場合を除いて名前が付いていないので、その道路の名前が言えないけれども、ケヤキ道路とでも付けたいくらいだった。お城の西側に通っている何本かの道路の内の一つ。長さにしたら、２㎞もないかも知れない。そんなに広くはないが道の両側にかなり大きなケヤキが植わっている。ここを通ったときは、温度が二、三度は低く感じられた。外堀通りの景雲橋から東片端までも、ケヤキではないが、涼しい木陰を作っている。高速道路の陰でさえ涼しいが、木陰には叶わない。熱田神宮の東側にもいい並木があった。ここもケヤキだった。白川公園の西側にも距離は短いが、ケヤキ並木が涼しかった。若宮大通りはトウカエデが歩道にとぎれとぎれではあったが、いい陰を作っていた。

他にも、メタセコイヤやトウカエデ、プラタナス、ポプラ、銀杏、楠、シンジュなどはあちらこちらに気持ちのいい木陰を提供している。東山公園の北側を通る東山通りの南側、つまり、公園に沿ったところを走るときの気持ちは格別。冬はそこはヒンヤリするが、木の香が気持ちがいい。

旧東海道を走った。一里塚が笠寺の南にあるが、その他には古そうな道のたたずまいがあるだけで、これはという並木も見られない。鳴海に抜ける辺りも涼しい。これは、車に不便なため交通量が少ないからだ。崖下などは涼しい。これは、天白の植田辺りにもある。八事の塩竃神社辺りは木陰は多いが、坂がきつい。桜通りも、銀杏の木陰はほんの少しになってしまった。久屋通りは余り通る機会はないが、木は沢山ある。

春落葉する楠にしろ、秋のケヤキにしろ、落葉の時は大変だが、此の枝を夏の真っ盛りから伐採しているのは是非止めて欲しい。

枝を張って涼しい木陰を作る色々な木の中で、一つをあげるとすれば、やっぱり枝を広く張るケヤキだ。この夏得た結論である。

〔2008.8.27〕

達人の言葉

「言葉で説明されると、本当は何も理解していないにもかかわらず、分かったつもりになってしまうことが多いものだ」

「楽を覚えると堕落するのは何処の世界も同じ」

「仕事は盗むもの、とはよく言われるが、盗むにもある程度の力量が必要」

達人と言われるような職人に共通したことであるが、これは、包丁職人飯嶋重房さんの言葉だ。

どれも味わうべき言葉であるが、最初の言葉には「言葉の説明」の限界が遺憾なく示されている。言葉の説明は大切であるが、大事なのはその時期である。分からないものに幾ら説明しても分からない。分かったような気になっても、実際には分かっていないことが多いのは事実である。自分の血となり肉となっていないのだ。仕事の極意を極めるにはそれだけの修業が要る。最後の詰め、自分でも何とか分かりかけたとき、核心を突いた一言、そのワンポイントを生かすことが出来る力量が、仕事を盗み取る要訣なのだ。「そうか、分った」。

子供の頃読んだ漫画にはよく宝物探しの話、巻物を見付ける話があった。巻物を見付けたところで終わるのだが、本当はそれでは何も宝物を得たことには成らない。子供にはそんなことは分からず、巻物さえ手に入れれば何でも万能と思われた。西洋のおとぎ話で宝物として宝石類を得る話をよく聞いたが、巻物はそんなに即物的ではない。巻物に何かの極意が書いてあるにしても其れが分からないものには猫に小判。免許皆伝ということが何か巻物を与えられて成されるシーンを見たが、もう、それが与えられる力量のある者には書いてあることなどどうでも良くなっているか、最後の一言、それも多分は何も具体性のない訓辞程度のものだろう。それを得ることができるまでの修業の積み重ねこそが重要だったのだ。

言葉の徒である我々にとって、言葉は何より大切だが、その言葉を理解するには、それだけの経験が必要なのだった。

〔2008.8.29〕

二重価格——非食用米の転売

輸入した米、と言うより、輸入させられた米に基準を超えた農薬が残っていたり、カビが生えてそのカビから猛毒が検出されたりした米、これを「事故米」というのだそうだ。何故、そんな物を輸入するのか。輸入するのは、WTOの取り決めで仕方ないのかも知れないが、そんな農薬混じりの米は買わなくてもいいのではないか、返せばいいのではないか。カビは一体どこで発生したかが問題である。昔、「黄変米」なるものがあって、時の厚生大臣が毒ではないと言ってみんなの前で試食していたのを思い出した。その時は、米が足りなかったので仕方なかったのである。

その、「事故米」を廃棄するのは勿体ない（確かにそうだ）と言うので、工業用の糊の原料に安く業者に売った。その値段は、1kg3円から12円という（ほとんどただ同然）。それを買った業者が、食用として転売したのが、騒動の始まりである（転売価格は、20倍から数十倍に達する）。見たところでは何も区別が付かない。それを国産米と言ったり、アメリカ産と言ったりして、今はやりの食品の産地偽装。その影響は今次から次へと拡がっている。小学校や病院、老人介護施設の給食、菓子の原料、酒・焼酎さらに薬品の原料と随分広範囲にわたる。

農水省は、この事故米を売り渡したところについて、過去6年間にわたり、その発覚した販売先三笠フーズには96回も立ち入り調査をしていたという。それでもそのインチキを見抜けなかったという。何という節穴。わざと見逃したという人もいる。そうなのかも知れないが、証拠のないことを言うわけにはいかない。とにかく、農水省は、この事故米の処分に困り、引き取ってくれるところにそう厳しいことも言えずにいたようだ。

廃棄するのは勿体ないからと言って工業用に回すのはいいだろうが、そんなに需要があるのだろうか。今後は返送すると言っているが、初めからそうすべきだったろう。

一物二価ということは、不正の温床。厳密には今回のことはそういえないかも知れないが、見たところでは区別が付かないから、同じ物の二重価格である。何であっても、こういう事は起こる。

話は飛ぶが、例えば、消費税、ある政党は食料品は免税にするとか、税率を低くするとか言っている。こんなことをすれば必ず不正が起こる。その不正を防止するための予算は入ってくる税収を超えるかも知れない。今の世の中、虎視眈々と不当利得を得ようとしている人がいる。その不正が起こらないようにすることが肝要だろう。

さらに話が飛ぶが、一時、上水道でもなく、下水道でもない中水道というのをつくって、飲み水ほどのきれいさを求めないところ、例えば、トイレの洗浄水に使おうということが言われたことがあった。実現しなくて良かった。こんな物を作れば、作為的でなくとも必ず事故が起こっただろう。さらには作為的に安い中水道を上水道と偽る事だって有ったかも知れない。作られなくて良かった。上水道を節約すればいいのだ。

〔2008.9.13〕

中山さん余聞

麻生内閣で大臣になった途端に舌禍で辞任し、地元の宮崎県でももてあまされて次期総選挙には立候補しないと宣言した。その舌の根も乾かぬうちに、前言撤回。宮崎県の自民党県連は、自分の言葉に責任を持てと困り果てている様子である。

中山さんは大臣になった途端、成田闘争のことで「ごね得」と称し、ついでに戦後教育がなっていなかったとも、日教組が悪いとも発言、その後も、日教組が悪いから、大分県の教育はどうのこうのと言い、日教組の反発も招いた。大分県の教育人事の問題は、確かに今年の教育界を揺るがせた大問題だった。まだ、片はついていない、不正合格をしたといって辞めさせられた今年の合格者、何人かは辞表を提出しなかった。当たり前だと思う。以前からあったという指摘があるが、証拠がないという。何はともあれ、現金を授受して校長になったり、試験に合格したりということは、やりきれないことだ。一方で、今日の新聞では、「校長になりたくない」というような見出しもあった。しかし、この、大分県のスキャンダルは日教組の問題ではなかろう。

話が逸れたが、中山さんは、以前文部科学大臣もやっていたという記憶がある。とんでもない人がやっていたものだ。その時、よくも問題を起こさなかったものだ。

この中山問題で、以前から問題だった、農林水産大臣のことが影が薄くなった。もう何代になるか、立て続けによくもこう問題の人が農水省の大臣になったものだ。お金の問題が大半。松岡さんは死んだ。死んでは何も分からない。赤城さんも変な金の処理、顔の絆創膏も何故か訳を言わず、関係ないかも知らないが、更迭された。次は、遠藤さん。一週間持たなかった。身体検査と称して、閣僚に任命する前によく調べるはずなのだが。大田さんは成ったときの会見から、これは何か問題起こすなと思ったら案の定、国民を蔑ろにした。国民がうるさいとか、大した問題ではないとか。今、食の問題は大変ナーバスなことだ。余程神経をとぎすまして、疑いのないように、役人達に馬鹿にされないようにしなければならないのだが…。

こんなゴチャゴチャもアメリカ初の世界同時株安、金融不安、不景気の問題にかき消されて、忘れ去られようとしているが、選挙の時には、ゆめ、忘れまいぞ。

〔2008.10.18〕

クレーン

建設現場にアームを伸ばしたまま置かれていたクレーン車が、傾いて、周辺の住民が避難したというニュースがあった。24メートルというと、7、8階建てのビルの高さだ。不安定に地面の上に置いてあったのが、傾いたということだった。その後のニュースはないから、事なきを得たのだろう。

最近は狭いところでの高層建築が多い。道をふさいで、クレーン車が動いている。つい、最近も近所で、随分高いクレーンが動いていた。ガードマンが、交通整理をしている。彼らだとてクレーンの動きを熟知しているわけでもあるまい。その傍を冷や冷やしながら通る。こんなクレーンをアームを伸ばしたまま放置すること自体が間違っていると思うのだが、それを一々折りたたんでおけという規制はないのだろうか。

以前は積み荷の下にはいるなとか、何メートル以内、接近禁止などとされていた。その余裕が無くなったのだろう。しかし、危険きわまりない。倒れてきたらひとたまりもない。

それにしても感心する。この頃の高層建築。我が家の真裏にも、丁度100メートルのビルが二つ建ちつつある。その上に、クレーンがある。建築中の建物の真ん中にクレーンがあって、それがどんどん伸びていくように見えるのがある。遠くから見ていると、あんな細い物がよく途中から折れたりしないものだと変な感心をしたり、或いは、折れるのではないかと恐怖心を抱いたりする。専門家が計算してやっているのだから大丈夫とは思うものの、一抹の不安は拭い切れない。

最近、既に完成して使われている200メートル級のビルの屋上に、巨大なクレーンの姿が有った。どうやってあそこに運び、用済みになったら、どうやって運び下ろすのか、見てみたいものだ。

〔2008.11.15〕

大麻汚染

今年になって随分大麻が蔓延していることが報じられている。自分で栽培している例がかなりある。種をインターネットで入手しているのだそうだ。

ところで、大麻は麻薬だから所持しても、まして、それを吸ってもいけないと言われているのだ。ただ、そう言われているだけで、何故いけないのか、麻薬で害があるからいけないと言われるだけである。どのように害があるのかについては一向語られることがない。大麻に限らず、麻薬一般について、害があると言うだけで具体的にどう害があるのかを詳しく知らせてくれるようなことはない。知らせると害があるのだろうか。それを是非聞きたい。これこれこうだからいけないのだと言わないと分からない。ただ、いけないと言うだけでは、却って好奇心で試してみようという気になる人がいるかも知れない。

今度逮捕されたり、退学処分になったり、裁判で有罪判決が出たりしている学生達、随分、著名な大学の学生達も、そんな好奇心から、ついフラフラというのも居たかも知れない。大相撲の力士もそうかも知れない。たまたまかも知れないが、3人何れもロシア出身力士だ。事実無根だと本人達は否定しているが、尿検査などの結果だ。素人には分からないが、かなり精密なものらしい。否定のしようがないのではないか。もし、これが、冤罪だったなどということがあったら大変だ。

このごろは色々のことが起こる。以前ならば大学生が起こすはずのないことばかり。これは、大学生が昔とは変わったのだ。遠慮無く言わせてもらえば、本当は大学などへ入学すべき人達ではなかったのだろう。殆ど希望さえすればどこかの大学に入れる時代、いい時代と言えばそうだが、手放しでは喜べない。それだけの、常識と、向学心と自尊心を持った本当に大学生として社会から尊敬される人達に大学に入って欲しい。そう言えば、このところ久しく、世間の人々が大学生を尊敬するなどということを聞かなくなった。

先日の時事川柳、「世の中は麻生大麻で大騒ぎ」とあった、「麻」も迷惑だろう。

〔2008.11.17〕

天下の愚策――定額給付金

誰だって貰って怒る人はないと思う（これだって、我々庶民の感覚、中には「そんなはした金がなんだ」と言って見向きもしない人もあろう）。しかし、今度打ち出された、緊急経済対策の目玉として全世帯一律に給付金を配るということ、その財源は2兆円だということ、バカげた、税金を使った選挙対策としか思えない。ひょっとしたら選挙対策にも成らないかも知れない。

もう、諸方で評価され、多くの酷評が聞かれる。世論調査でも6割以上の人が評価していない。経済の専門家も、その経済効果はほとんど無いと言っている。こんなばらまきでは仕方のないことは一寸考えれば分かるだろう。

99年にも、7000億円のばらまきがあった。その効果がほとんど無かったのは周知のこと、7割以上が貯蓄に回ったそうだ。7000億円と言えば誠に巨額、中部国際空港を建設するのに使ったお金にほぼ等しいと言えば、思い半ばに過ぎるであろう。今回はその又約3倍弱。

それだけのお金、他に幾らも使いようがある。今回の処置が歓迎されないのは、一回だけのことで、先に何も希望がないからであるし、お負けに3年先の増税までセットでありそんなもの要らない、ということになるのである。このことは、考えるヒントになる。将来の希望に繋がる事に使うべきだということである。

福祉関連の予算は毎年２２００億円減らす方針という。この、２兆円とどういう関連で説明できるのだろうか。

小泉さんが、就任当初教育を重視し、「米百俵」の逸話を引用したことは、未だ記憶に残っている。その後どうなったか、初心は簡単に忘れられてしまったようだ。やっぱり、将来を見据えての、教育充実、技術革新のための投資、今一番問題になっている年金・保険・介護等福祉の問題に少しでもプラスになるように、つまり、国民が将来に対して希望が持てるように使うべきだろう。とても2兆円では何とも成らぬと言われるだろうが、少しでもその方向で考えて欲しいものだ。

〔2008.11.17〕

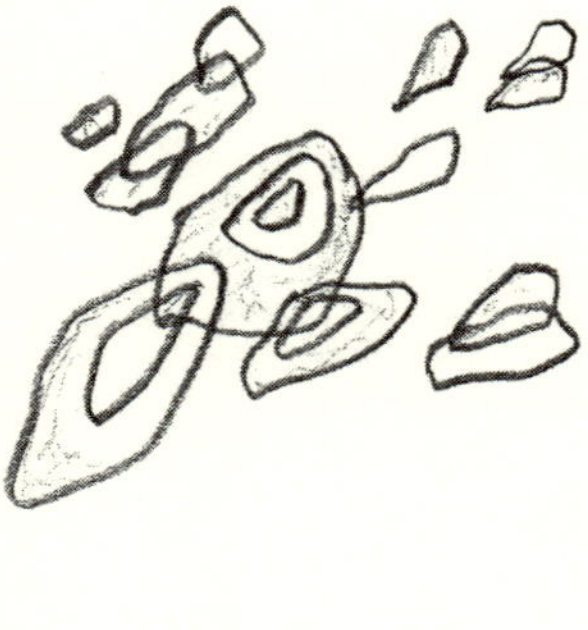

また大相撲大麻事件

十両力士若麒麟、幕内で相撲を取ったこともあるという。この力士が、都内のCD店で、乾燥大麻を所持していたかどで一緒にいた仲間とともに逮捕された。昨年も、大麻入りのタバコを持っていたということで、ロシア出身の若の鵬という力士が逮捕され、相撲協会を解雇された。更に、ドーピング検査で二人のやはりロシア出身の力士が解雇された。大相撲協会は大変な騒ぎになり、理事長も交代して、体勢を立て直そうと躍起になっている最中、初場所が、朝青龍の復活で人気も盛り上がった後だけにショックは大きかった。

大相撲協会の理事会で、この若麒麟も解雇処分、一番重い除名にならなかったことに対して、色々批判があった。一般国民の感想は賛否相半ばすると思うが、NHKは批判的意見しか採用しなかった。この問題を盛んに取り上げている「ヤクミツル」という人、どういう方かは知らないが、如何にも忌々しげに怒っていた。相撲協会が、まだ25歳という年齢、将来を考えての処分だったことに関しても、「もう25歳にもなってと言うべきだ」と。また、身内に甘いとも言っている。確かに、ものは考え方だ。

昨年来の色々な問題を考えれば、相撲協会も考えるべき事が多かろう。ただ、どの社会でも同じ事だが、それを構成しているのは一人一人の生身の人間だということである。悪いことをしたのだから切って捨てるだけで事が済むわけではない。後は知らないと言って済む問題ではない。若い身空で路頭に迷えば、末路は本人にとっても、社会にとってもいいことは無かろう。確かに本人が悪いことは言うまでもない。それを謝って反省しているだけまだ救いがある。それをも切って捨てろと言うのだろうか。影響力のある人は言葉を謹まなければなるまい。

〔2009.2.3〕

役人

国会で高級公務員達のいわゆる「渡り」の問題が喧しい。麻生総理大臣が認めないと言っても中々額面通りにならないらしい。いきなり、余談であるが、麻生さんの「渡り」のアクセントは頭高で、なにか俳優の「渡哲也」さんのことを言っているように聞こえて仕方がなかった。

この前の日曜日の午後のワイド番組「そこまで言って委員会」で取り上げられていた。発言者の一人は役人を評して曰く、慇懃無礼、面従腹背、無知蒙昧と。少し言いすぎのようにも思えるが、実際、そう言われればそのようにも思える役人が居る。役人は決して国民のために働いているのではなく、自分たちの利益のために働いているのだと。真面目に国民に対している役人達には酷な言い方だと思うが、確かに、そういう人もいるのだろう。

審議会は隠れ蓑だというのも頷ける。自分たちが欲する結論を得るためにそういう人選をするのだと。大変な努力だと思う。

役人は優秀だからそれが出来る。その役人を駆使するためには、それ以上の政治家が必要なのだ。細かなことはどうでもいいから、きちんと基本線を弁えて役人を使える政治家の出現を切望する。結局、そういう役人を動かすのも民意、民意を得た政治家の登場が切望されるのである。自民党の3代の首相は何れも民意を得ていない。力を発揮できるはずがない。

〔2009.2.10〕

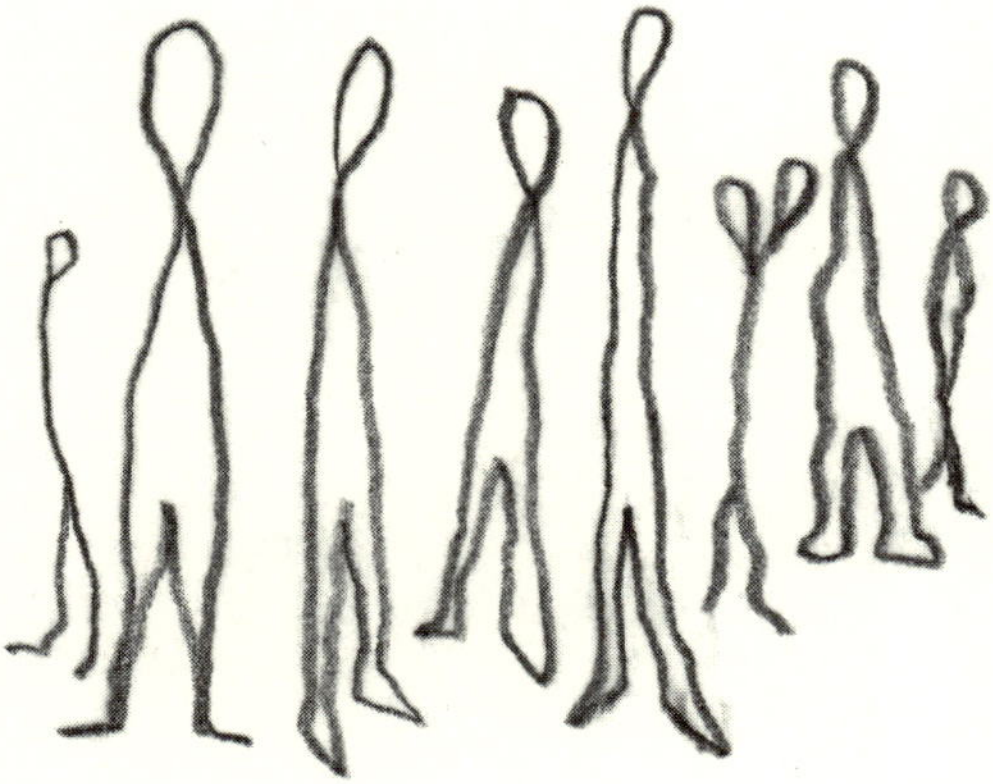

漢字

テレビのゲストが言っていた。経済の話も分からなければならないから、経済新聞を取って、勉強していると。でも、全く分からない、これ、日本語か?って思うと。それで漢字をとばして読むと全然分からないと。

これを聞いて、感心しもしたが、一方で、呆れもした。しかし、これはある種の真相を語っているなと思った。経済新聞は確かに一般紙に比べてかなり専門的な事が多い。これを読んでまともに理解すれば、相当な勉強になる。ところが、肝腎な内容は「漢字」で表されることが殆どである。だから、漢字をとばして読んだのでは、読んだことには成らない。

いつぞや、詩人の大岡信さんの講演を聴いたとき、漢語の話をされた。日本の伝統的和歌は漢語を使わないが現代短歌は漢語を使って思想を表現すると。明治時代の先人達も西洋の諸概念を固有の日本語、いわゆる和語で表現することを諦めて、漢字を使い新たに造語したり、中国古典にある言葉を用いてまるで違う概念を表す用語を作ったりした。現在、こういう新しく作られたり、新しい意味を吹き込まれたりした漢字言葉を「新漢語」と言って重要な研究課題になっている。それらの新漢語が、明治時代の科学の進歩にどれだけ貢献したか計り知れない。こういう言葉有ってこその進歩だった。

逆にこれがないところ、西洋の概念を自分の言葉として表せないところでは、進歩を阻害された。西洋の言葉をそのまま使ってしまっているところも多い。今の日本もだんだんそれに似てきている。

話を元に戻す。漢字は本来の日本語が持っていない概念性、抽象性、分析性を表すことに長けている。古代から、現代に至るまで日本語は、その漢語を取り込んで豊かな表現力を得てきている。漢字をとばして読んで意味が分からないのは当然である。

昨今、漢字検定協会とかいう団体が漢字検定を行って、毎年莫大な儲けをしているという。公益団体ということで、税制面での優遇措置を得ながら、資金の流れが不透明だと指摘され問題になっている。そんな中で世は漢字ブーム、ゲームにまで成っているという。決して悪いことではないけれども、なぞなぞまがいの漢字は遊びとしてはそれでもいいが、余り推奨は出来ない。まして、これでお金儲けをするということには大いに違和感を覚える。漢字は漢字を使う人々の共有の財産であり、使わない人々にもその恩恵を分け与えたいものだと思う。

〔2009.2.10〕

独り相撲

独り相撲という芸がある。見た覚えはあるが、余り記憶がはっきりしない。あたかも本当に相撲を取っているような様子を演じていたと思う。それは芸であるが、普通、独り相撲というのは勝手にやっていると言うことで、あんまり意味のないことである。独り相撲なら決して負けないが、そうかと言って勝ったことにも成らない。

昨年の岐阜市長辞職に伴う出直し選挙がまさにその独り相撲だった。市立岐阜商業高校を廃止して、そこに立命館大学の付属中高一貫校を招致しようという事に対して、市議会で賛成が得られず、そのことを争点に岐阜市長を辞職して市長選挙を実施したのである。ところが、対立候補は出ず、結局無投票で当選、自分の残任期間市長を務めるということ、まさに元の木阿弥、市議会はあいかわらず、反対は多数。

これは、小泉元首相の郵政選挙を真似た物だったのかも知れない。しかし、問題も、そんな大げさなことでもないし、市議会を解散したのではない。もし、市議会を解散し、自分も辞職して選挙に臨んだのなら、その結果は重視しなければならないだろうが、このように対立候補もなく、投票もなく決まってしまっていては、民意を得たということにはならない。まさに、独り相撲という所以である。

三月末までに、岐阜商の廃止が決まらなければ、立命館は進出をやめるという。立命館が来ればそれだけ街を活性化できる経済効果があると言っていたが、何がどうなるのか、具体的には示されていないという。難しかろうが、効果があるというなら、大まかにでも示すべきだろう。

第一、こんな問題で、市長選挙をするということ自体、税金の無駄遣いだ。民意の問い方は他にあるだろう。学校誘致を市民に問う方法として、住民投票というのがないのだろうか。有ればそれを使うべきだろう。新聞には「見通し甘く、メンツの戦い」と有った（中日新聞2009.1.25）。

他にも、個別の問題をテーマに幾つか市長選挙があった。２００6年から8年までにあった6件が示されていたがそれぞれのテーマに賛成反対、半々の結果である（中日新聞2009.1.19「民意の問い方」課題）。もう少し、我々も、行政に民意を反映させる方法を考えなければならなくなってきている。

〔2009.2.9〕

言い訳

一歳五ヶ月になる孫が、言い訳をすると言う。どんな言い訳をするのだろう。

言い訳は聞きにくいもので、大抵は嫌われる。「はい」と二つ返事で何でも言うことを聞くのが素直な子で、大人になっても、つべこべ言わず、言い訳をしないのがいいとされている。確かに、何か注意すると、いろいろ言い訳をし、ああでもないこうでもないというのを聞かされる。素直に「はい」と言うことを聞くのに比べて、何とも言えぬ気がする。よく聞いてみれば、中にはその言い訳にも十分理の通ったものもあるのであろうが、一般には好かれないことだ。

申し訳ない言い分であるが、我が師に当たる方にこういう方があった。何かにつけて、ああすれば良かったのですが…、こうしておけば良かったのですが…、とおっしゃった。我が師ながらみっともないことだと思った。そう思ったのならそうすればいいのであり、しなかったのなら、もう、何ともどうにもならないのだから何も言わない方がいいと思う。

でも、孫がどんな言い訳をするのか聞いてみたいような気がする。

その子が来た。一体どういう言い訳をするのだろう。その子は、実は、まだ何も、言葉は喋らない。喋らないけれども、喃語と言われる赤ん坊特有の大人には分からない言葉を口から出す。親にも分からないのだから、私たちに分かるはずがない。

動作は教えられて、幾つかは意味のあることをする。食べるときには、いただきます、と手を合わせる。ご馳走様もそうだ。食べたくなくなるとご馳走様の仕草をする。ごめんなさいと、腰を屈めて謝る動作をすると、怒りたいことも忘れて笑ってしまう。如何にも、言い訳するような様子である。なるほどこれかと思った。

ただ、こんな事が通じるのもあと数ヶ月か一年くらいだよと、言って聞かせたが、分かったのかどうか、にこにこ笑っている。

こりゃ、負けだ。

〔2009.3.18〕

分かり切ったことを言う

わざわざ言わなくても分かり切ったことを言うとどうなるか。大抵はそんなこと言われなくたって分かってると反発を食らうのが落ちであろう。しかし、本当にそうか。

世の中にはいろいろのスローガンが掲げられている。街の中にも交通標語を始め分かり切ったことがデカデカと書かれている。横断幕に書かれたり、わざわざ大きな標柱を立てて書いてあることもある。中央分離帯のある大通りなど、そこを横断するなどということは普通は考えられないから、わざわざ横断禁止という注意は要らないはずだが、それがあるところがある。横断してはいけないと分かっていても横断する人があるからなのだ。「安全第一」という評語は実に至るところにある。子供の頃は不思議な気がした記憶がある。街にも、工場にも、車にも書かれている。会社や学校には社是とか校訓が必ず掲げられている。何れももっともなことが書いてある。

中国に行ったとき至る所に種々のスローガンが町中にあふれていたのを思い出す。世界の国と友好第一というのは念願でもあろう。あまりの多さに、中国人に聞いた。意外な答えだったが、それが真実かも知れない。この頃、分かり切ったことをわざわざ言うのはそういうことなのだと納得している。つまり、分かっていても全然実行しないからだということだ。

ついでに、私はその中国人に聞きにくいことだが、思い切って聞いた。私の世話をした人の中に中国の人が何人もいる。私だけの少ない経験だが、私という人間が自分のために必要な間は、丁重に扱うが、そうでなくなると見向きもしない人が多い気がする。中国では水を飲むときに井戸を掘った人のことを思い感謝して飲むと聞いている。どうも、現実は、その諺とは違うのではないかと。そうしたら、やっぱり、先ほどと同じような答え、つまり、その恩を忘れる人が居るから、わざわざそういうことを諺にしているのだと。

考えてみればこれは何も中国人に限ったことではない。人類共通のことのようで、中国人はそれを自覚しているだけ救いがある。人間は全部とは言わないが、健忘症であり、特に都合のいいときは思いだし、都合の悪いときは忘れているという、ご都合主義なのだ。

だから、分かり切ったことでも、繰り返し繰り返し言わなければならないのである。一回だけ言えばいいというものではないのだ。丁度、食事を一回すればその時は腹がふくれてもすぐに空腹になるようなものだ。一度食べればいいというものでないのと同じことなのだ。

〔2009.3.20〕

さびしいね

大学の広報誌を見ていて、思わずこんな溜息が出た。卒業式を特集したものだ。学長の式辞を始め、色々な方の祝辞が載っている。

卒業生への門出のお祝いを述べるのは当然である。それまでに至る卒業生の努力をたたえるのも当然だろう。そして、大学時代の交友関係を大事にしよう、大学時代の友達こそ生涯の友であるというのも誠に尤もなことである。こういう、はなむけの言葉に何も異議はない。しかし、全体を読んで何か言いようのない寂しさを感じた。この広報を読まれた方も多いと思うが、感想を聞きたいものだ。

学長の言葉の中には一言触れていたが、教師への思いというものが殆ど語られないのである。私は決して恩の押し売りをしようとは思わない。しかし、昨今喧しく言われる大学の建学の精神、特に我が大学のそれは「行学一体　報恩感謝」。このフレーズが繰り返し聞かされる。

教師の立場で、昔の卒業式のように「我が師の恩」などというつもりはない。この頃はあの歌も歌わないようである。

大学には色々な先生が居る。以前交流のあった方だが、卒業生などから手紙をもらうのは面倒くさくて嫌だと言っていた方があった。その方とは別れてもう何十年にもなるが、到頭何の音沙汰もなく、昨年亡くなった。私もそう言われてまでしてはいけないと思い便りはしなかった。その方が転勤されるについて送別会を開いたが、それに対しても、お礼に類する言葉はその時も、後でもついぞ聞かれなかった。お礼を言って欲しいわけではないが、やはり、淋しいと思う。

私の出す手紙などに一切返事のない人もかなりの数に上る。鬱陶しいのだろうか。それならそうと言って欲しい。毎月雑文を書いては皆さんに配る。ただ、この頃のように物が多くなると紙一枚でもゴミを増やすことになる。それで、皆さんに、今まで通り配ってもいいかどうか、お伺いした。ほぼ3分の1の方からは、是非くれといわれ、あいかわらず配っているが、後の3分の2近くの人からはなしのつぶて。残念ながら今まで鬱陶しく思われていたとしか言えない。世は様々、人は様々だ。

私は、主義として、メールであろうと手紙であろうと、必ず返信する。学生にも、「私は諸君のメール等には必ず返信するから、もし、返事がなかったら通じていないと思って欲しい」と言っている。私は人としての務めと思ってそうしているが、そうではないのだろうか。世の人々を見ていると、私が間違っているように思えてくる。

〔2009.4.18〕

「安保理に謝罪を求める」だって

北朝鮮の傍若無人、盗人猛々しさ、あと何と言ったらいいのだろう。ばかばかしくて物を言う気にもなれない。開いた口がふさがらぬとはこのことを言うのだろうか。

先の、安保理決議に反して彼らはミサイル発射を、人工衛星打ち上げと称して強行した。人工衛星打ち上げとしたら、それは失敗だったというのが、国際的評価。しかし、三千数百kmを飛ぶミサイルの発射実験としては成功したわけである。北朝鮮国民はどういう事か、これをきちんと知っているのだろうか。国民が知っていて、同意の下で行ったなら仕方のないことかも知れない。しかし、そんなことはなかろう、と思う。

お釈迦様はこう言ったという。ある人が、他の人のために沢山の贈り物を持ってきたが、その人はそれを受け取らなかった。その場合、その贈り物は一体誰の物なのだろうか。それは、受け取らなかった人の物ではなく、贈り物をしようとした人の物だ。同じように、ある人が、他の人に向かって悪口雑言の数を尽くして言った。その時、その罵詈雑言に対して、それを向けられた人が、黙っていたら、それは一体誰のものか、当然の帰結として、その悪口雑言は受け取られなかったのだから、それを言った人の物である、ということになると。

今回のいろいろのやりとりを見ていて、北朝鮮は、これでもかこれでもかと世界に向かって悪口雑言の限りを尽くしている。しかし、慣れっこになった世界の政府は、「あっ、またか」という様子で何も反応していない。誠に賢明である。その罵詈雑言は北朝鮮にそのまま向けられているのだ。そのことを、彼ら、北朝鮮の要人達はとくと考えるべきだ。

「安保理に謝罪を求める」などとは正気の沙汰とは思えない。これを真剣にテレビで放送しているアナウンサーの可哀想で哀れなこと、ああ。

〔2009.4.30〕

薫風

「風薫る」というのは五月の枕詞のように言われる。

ちょっと前までは杉花粉やら黄砂やらで何となく春だというのに空気にさわやかさが感じられなかった。杉花粉の季節が終わってもいまだにマスクをしている人が多いところを見ると、そういう方々にとってはまだ鬱陶しい季節なのかも知れない。尤も、今年は、メキシコ発の新型インフルエンザの影響で、それを用心しているのかも知れない。

大型連休からの半月くらいの間は、天候も割合良く、自転車に乗って走ると草や木の新芽の香り、花々のかぐわしい匂い、その中には花粉も一杯混じっているであろうが、それらも薫風の元だということが実感された。

しかし、それにしては、この頃は荒々しい風の吹き方が多い。最近は異常気象とも言わず、当たり前になってしまった感があるが、寒気や低気圧のせいで北海道で二、三日前に30度を超す真夏日があったと思えば、昨日テレビで同じ北海道の吹雪の様子が映されていた。三月の強風はいつもの事ながら、四月にも強い風の日が何回もあったし、この五月にも薫風とは言いにくい、「青嵐」と言うべき風が興をそいだ。強風の度、拙寺にお祀りしてあるお地蔵様の幟が引きちぎられたり、飛んでいったり、竿がおれたり、いやはやである。

色々なことのあるのは、人間世界だけではない。自然界も人間の所行の為に大変な荒れ模様、しかし、そうは言っても、時にはこんなにもいい日があるかというような穏やかな姿も見せる。その中で、薫風に吹かれて、ひとときを過ごせるのは大変贅沢な幸せのように思える。

〔2009.5.15〕

時効

以前「時効」などということ自体おかしいのではないか、時効を一日過ぎたら殺人事件を犯した者でも罪を問えないなど、どだいおかしいのではないかと、思っていたので、そんなことを文章にしたら、法律の専門家である法学部の人から、あざけりに似た批判を受けた。そのほかにも、毒カレー事件が起こったとき、先頃死刑判決が最高裁で確定した犯人に関して、限りなく疑わしいというようなことを言ったときにも、こっぴどく叱られた。判決確定以前は推定無罪なのだと。法律専門家には、どうもついて行けないところがあるが、世の中生きて行くにはそのお世話にならなければならないことが多いから、あまり文句を言うのはやめよう。しかし、意外にも（ではないのかも知れないが）、こんな制度のあるところは先進国でも一部に限られ世界全体から見れば、珍しいことなのだそうだ。さもありなんと思う。

今回、検察側が無期懲役で刑務所に収監されていた足利事件の犯人だとされていた人を再審を待たず釈放した。大きなニュースになった。19年前の事件で、17年半も服役していたという。ＤＮＡ鑑定が証拠で有罪になり、又、今回ももっと精密な今日のＤＮＡ鑑定によって無罪が証明されたからである。

これ以前にも、裁判所が真摯に対応していれば、もっともっと早く冤罪がはれ、真相究明が出来たのだと思うと、裁判所始めこの事件に関わった人たちの怠慢は許し難い。最初のＤＮＡ鑑定では800人くらいに一人の割でしか判別できなかったという。或いはもっと精度が悪かったようだ。今日の技術では人類全ての何層倍にも当たる４兆７０００億人に一人の割で識別できるのだという。その新たな鑑定を必要ないとして退けた裁判所は、今回の事件では最大の悪者のように思うがどうだろうか。

釈放された菅谷さん、開口一番謝って貰うと、然も、ただ謝ればいいというものではないと。一々もっともである。そして、真犯人については、許せない、時効などというものがあってはならないと悲痛な叫びを上げた。その通りである。おそらく、時効をたてに捜査も行われないのかもしれない。

私の時効に対する疑問について、法律の専門家という人が、時効があるからこそ一生懸命捜査をする、時効がないとそういうことがないなどと訳の分からぬ論を展開した。私は、論争する気もないので放置したが、この法律家の言うことには全然納得していない。法律家の非常識を正そうとして裁判員制度が始まったのも、裁判員にされた人は大変だろうが、意義有ることと思う。今回の、冤罪で服役した人の悲痛な叫びを時効を必要としたその法律家はどう聞くのだろうか。

〔2009.6.10〕

放っておけ

本当はそうは言っておれないことだ。しかし、相手になればなる程つけあがって、対応をエスカレートしてくるのが、今問題になっているネット中傷と北朝鮮の挑発だ。

インターネットでの中傷は誠に酷い状態のようだ。中傷した本人は軽い気持ちで居るから始末が悪い。とにかく、自分を明かさずに人をあげつらうのだから卑怯なことこの上ない。相手にならないのが一番だ。しかし、気になってみるのが人情だ。無理を承知で言うのだが、そこを我慢して「勝手に言っておれ」と放置する智恵と勇気を持ちたいものである。ただ、去年の秋葉原の通り魔事件、インターネットで自分が無視されたと思って腹を立ててやったと言うから、これも難しいのかも知れない。

同じだと思えるのが、北朝鮮の今年になってからの一連の動きだ。世界が騒ぐのを楽しんでいるようだが、何の見返りも期待できないことを早く悟るべきだ。4月初めの自称人工衛星の打ち上げに始まり、5月にはまた核実験、何れも3年前の安保理決議違反。その後立て続けにミサイル発射遊びをしている。まさに危険な火遊びだ。そうしておいて、まだ、言うに事欠き、「安保理は謝罪せよ」と。日本、韓国、アメリカがカリカリしているのは言うまでもないが、ロシアも個人的責任を追及するという。だんまりの中国の胸の内も煮えくりかえっているようだ。大人（たいじん）の風格で、冷静な対応を強調しているが、図に乗った北朝鮮はやりたい放題。安保理は核実験後2週間も結論を出せずにいる。放っておく訳にはいかないのだろうが、何にも成らないことを知らせるには、用心は怠りなく、その上で、無視するほかないのではないだろうか。

〔2009.6.7〕

安保理決議が出た。それに早速北朝鮮はかみついた。ただ、意外なことに、我々にとって聞くのも腹立たしい声明なのだが、専門家に言わせると北朝鮮は抑制した態度だという。なかなか、政治の言葉は難しい。本来は、政治は、最も人間らしく有りたいものだ。

〔2009.6.16〕

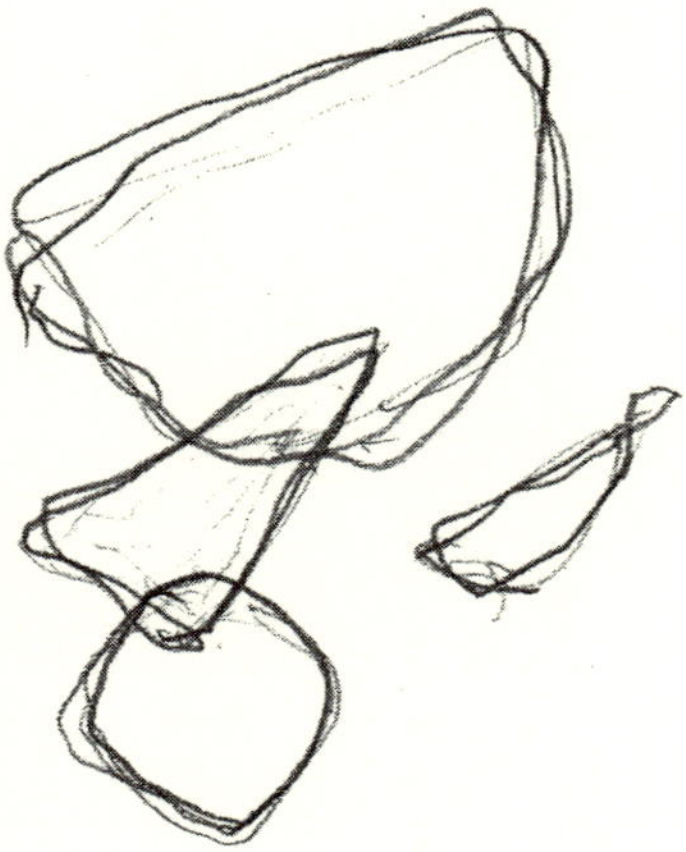

想定外(1)

この頃何かというと想定外だったと逃げ口上。色々な規則を作るにも、家の設計をするにも、入試の問題を作るにも、後で問題が出てくると、それは想定外だったというのでは、お話にならない。よくもおめおめと「想定外でした」などと言って記者会見が出来たものだ。

勿論あらゆる事を考えてやらなければならないにしても、余りに過大なことは通用しない。例えば、風速100メートルの風に耐えるように家屋や塀を作らなければならないとすれば誠に不経済。50メートル、60メートルの風は吹いたことがないわけではないが、それでも、それを基準にしなければならないとすれば大変だろう。地震にしてもそうだ、ほどほどということは有ろう。

今年は雨がよく降る。二、三日で、半年分も降るということがある。河川は氾濫するし、護岸は崩壊し、土砂崩れも頻発する。想定外の雨が降ったからだと言い訳をする。名古屋でも、一晩で600ミリを超える雨が降ったことがあった。正に想定外なのだろう。この頃は局地的な集中豪雨、あちこちとターゲットを変えながら集中して降る。天に意志が有るみたいだ。人間の想像力を試しているみたいだ。

確かに想像力の問題ではあるが、普通には考えられないような事、「想定外」のことにどう対処したらいいのか、今まで言われてきた「想定外でした」というケースを分析して、前もって対処すべき事、その時になって、それから対処・避難すべき事、何ともお手上げの事と分類して知恵を絞るほか無かろう。

この頃の世の中、自然の力だけでなく、人間関係でもこういう事がちょくちょく起こる。経済などは始終起こるといった方がいいのかも知れない。金融商品など、我々よく分からないことが多い。説明されても分からない。投資信託などで、期間中に日経平均が幾ら幾らを下回ったら利息とか配当が、表示されているものの100分の1とか1000分の1などということがある。素人には、果たしてそんなことがあるのかと思う。そういうことを商売では、ちゃんと想定している。自分の利益につながることでは、いつも最悪を想定している。想像力がよく働いているのだ。色々な事故に対しても、想定外でしたなどという言い訳をしなくてもいいようにこういう商売のように儲けになることばかりでなく、考えておくべきだろう。

〔2009.8.1〕

騒音

夜中、さすがに喧しい昼間とは打って変わって静けさが辺りを覆っている。時折通る車の音、その中に、爆発音を響き渡らせて通り過ぎ、又、辺りを走り回っているような騒音が聞こえる。一時のような集団の暴走族はこの頃は見かけない。結構なことだ。この一台だけの耳を劈く騒音を発する車やオートバイも是非無くなって欲しい。乗っている本人にはどのように聞こえているのだろう。

爆発音ではなくて、車全体が、スピーカーのようになって騒音をまき散らすのもいる。昼でも、その近くによると震動まで伝わってくる。まして夜中とも成れば、大変な音量である。外で聞いていても、遠くからでも、こんなだから、その車の中に居る人はどんなものなのだろう。想像がつかない。当然、外の音など何も聞こえないだろう。

目は何かを長時間見ていれば疲れる。コンピュータのディスプレイなどは最悪だ。定期的に目を休めよと言われる。言われなくても疲れれば休む。でも、耳はどうなのか。余り大きな音で耳がビンビンすることがある。あの車の音量は恐らくそれ以上のような気がするが、平気なのかしら。

最近の若い人達は総じて難聴気味だと、映画館などの音量に関して、どこかで黒柳徹子さんが書いていた。私も同感だ。目は歳と共に段々不自由になり、物を読むことや、地図など見るのが億劫になったが、幸い聴力は無事である。

あんな大きな音を始終聞いていれば難聴も当たり前なような気がするが、そういう注意についてあまり聞かない。難聴が多くなっているなら、予防について教育することが必要な気がする。

〔2009.8.22〕

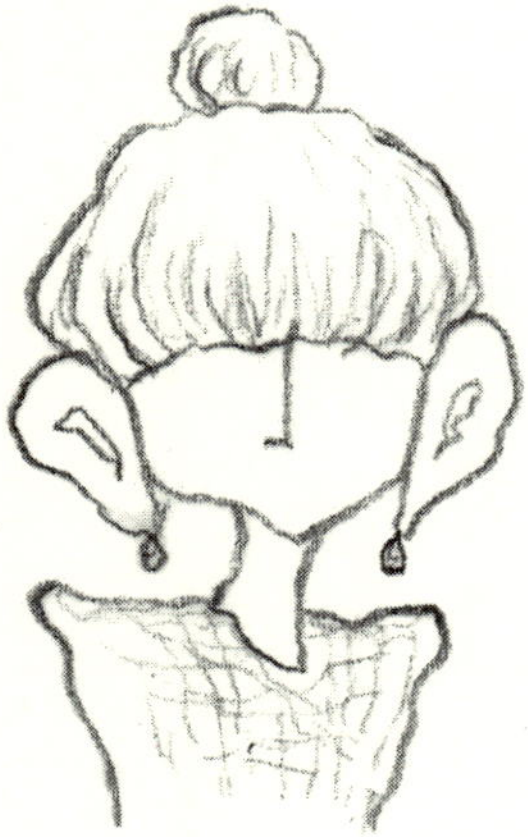

ガソリン価格の高騰

この夏前から、石油の価格がどんどん高くなり、一時、一バレル200ドルになるかと言われた。2ヶ月前、147ドルまでいった。ところが、一転下がり始め、100ドル近くなった。それでも、年初に比べれば倍以上の高止まり。今度はこれ以上安くなると、不況になるかという。本当のところは分からないが、どちらにしても厄介千万。

昭和47、8年（1972、3）の第一次のオイルショックでは、たかだか1バレル1ドル以下だった原油が数ドルになっただけ、それでも、ガソリンは、50円以下だったのが、今回と同じくらいの水準になった。その上、当時は売り惜しみもあった。このショックがあまりにも鮮烈で、第2次のことは余りはっきり覚えていない。

今回は、ガソリンが1リットル180円以上になった。少し落ちついても、160円以上。それでも安くなったと思うのは、何かマジックに掛かったみたいだ。

この原油高は、諸方面に随分深刻な影響をもたらしている。漁業関係者や運輸関係の人々にとってはとんでも無い災難だ。原油高を題材にしたテレビ番組があった。交通機関が不便なところでは、一家一台ではなく、一人一台というくらいに車が普及しており、まさに、そういう所では人々の活動の足であり、影響は大変である。

そのことは確かにその通りであるが、隣近所、と言ってもかなり遠くなるのだが、に行くにも車、一寸の買い物も車、これでは溜まったものでないし、体にも良くない。これを機に少し自分の体を動かして健康体を得れば、まさに、奇貨おくべしである。

ガソリン高に関係ないが、そのテレビを見ていて驚いたことを一つだけ。節約しなければならないと言いつつ、その中で、歯磨きするとき、水道の出しっぱなしだけは止めてね、と言う奥さんに言われた旦那はにやにや笑うだけ。これでは仕方ないなぁと呆れるほか無かった。一事が万事だろうと。

〔2008.9.13〕

定説

この頃は以前定説として認められていたことがどんどん打ち破られていくのを見たり聞いたりすることが多くなった。定説というと何か学問の世界での出来事のように思われるかも知れないが、なにもそんなに堅苦しいものではない。日常生活でも、当然こうすべきだというようなこと、当然こうあるべきだとみんなが思っていること、これが正に定説だ。

自民党政治の時代には定説だったことが民主党政権が出来た途端あちこちで正に音を立てて壊れ始めている。今までうまい汁を吸っていた連中が血相を変えて怒っているが、人々はよく知っている。世論調査で、鳩山内閣も支持率が2％落ちたと言っていたが、誤差の範囲、7割が評価していることは、如何に今までがよくなかったかということ、ほんとによくそれが続いたものだ。民主党がおかしな事をすればしっぺい返しができるように、自民党にもがんばってほしいが、同じ世論調査で、そういうことを望む人が少なかったのはちょっと意外、しかし、やっぱり自民党にもしっかりして貰わないと、別の問題が起こりかねない。ただ、今の状態を見る限り、自民党時代の定説が多く覆りつつあるという様子である。

こんな事を書くつもりではなかったが、思わず気持ちを吐露してしまった。

小松英雄氏が「自著解説」という小冊子の中で「自分のことばでモノを言う」と題して、「既成の方法にとびついて安易に応用したりいわゆる定説を無批判に受け売りしたりするクセがつくと独創性が壊死してしまい、発展性に富むアイデアは浮かばなくなります」と言っておられる。我が意を得た言葉だ。定説は定理や公理ではない。ちゃんと検証すべき事なのだ。

ところが、学問の世界は思ったほど自由なところではないようであることを色々なことにつけて感じさせられる。割合よくなったと言われてもまだまだ親分子分の関係と言っては語弊があるとすれば、師弟の関係が根強く支配している。表面はそうではない。しかし、内実はこの考えは怪しいと思っても口に出来ないようなことがあるらしい。幸い、私自身はそういう軛からは自由であるが、それはそれで苦労がある。

それはともかくとして、まだ、学問の世界、そのありかの中心である大学などでも権威主義・事大主義と十分に手が切れていないようなことを感じる。自分の言葉で考えをきちんと言える世界であって欲しい。

名古屋大学創立70周年記念のフォーラムに参加した。その中で、チャレンジ　ザ　ルール、定説を疑えというパネリストの発言、失敗から学べという発言、いずれも我が意を得たことであった。

〔2009.10.17〕

八ツ場ダム

民主党政権になってから、今まで行われてきた色々な公共工事にストップが掛かりつつある。当事者でない者にとっては、成る程と思えることと、どうして?と思えることの両様である。

その象徴的な例がこの群馬県の「八ツ場《やんば》ダム」の建設中止である。既にかなり多くの付帯工事が済んで巨額の経費がつぎ込まれている。あとは、本体工事に取りかかるところまで来ての建設ストップ。当事者達の怒るのも無理からぬ所もあるが、話し合いのテーブルにも着かないということは、怒りをそれによって現す効果はあっても、それでお終いである。

このことがあってから、地元では見学者が多いと聞く。私の友達も行ってきて、様子を教えてくれた。山の中にでも作るのかと思ったら、草津温泉などに行くには途中ちょっと入れば其処だったという。私も大体は想像が付く。人里離れたところでもなんでもない。無理矢理人を退かせたのである。当事者はその苦労が無にされたと言って怒るのである。しかし、矢張り、客観的なデータに基づいて決めなければ、悔いを千年に残すことになろう。計画されたときに予測した水需要は色々の対策により大幅に減った。愛知県境の長良川河口堰のことも脳裏に浮かぶ。当時、工業用水は1分間で一般家庭の何年分も消費するような大量消費だった。それがそうではなく、循環使用などにより大幅に減少したのである。事情は違うかも知れないから、一概には言えないが、五十数年もかかってやっと工事が始められたという一事を取ってみてもその必要性は再検討の要があるという事を示している。

実は、私の興味は、「八ツ場ダム」と書いてどうして「ヤンバダム」と読むのかということなのだが、誰も解説してくれない。調べてみようとは思うが、その前に、知っている人が居たら教えて欲しいと思う。このままにしておいたら、子供達には良くないとも思う。「八ツ」がどうして「ヤン」なのか。その地方の言い方なのだろうが、発音と、表記は一致していた方がいいと思う。

〔2009.10.17〕

もう少し正確に

先月、台風20号が来ている最中に、八丈島沖で遭難した漁船があった。8人乗りだった。その内、船長は救命筏の中で死亡していたのが見つかり、3人は、転覆した漁船の中に閉じこめられて生きていて、10月28日に90時間ぶりに救出された。後の4人は未だに行方不明。この4人は居住室から抜け出し、3人は抜け出せずとり残されたということだが、何が幸いするか分からないものだと改めて思った。

この助かった3人についてはどのようにして助かったのか、助かった経緯、そうなった原因等が盛んに報道された。

今日11月2日に見たテレビのバラエティ番組、と言うか、トークショウのような番組（本当はどう言ったらいいのか知らない）の中で、90時間も生存していたことについて、空気のことを言っていた。互いに身を寄せ合って、黙っていたのが、空気の消費量を少なくして良かったとか、どこかに空気の抜け穴があったのだろうかとか言っていたが本当はどうなのだろうか。強化プラスチック製でそんな隙間はないようだ。6畳一間くらいの広さ、高さも170センチとか、その体積を計算してみれば、3人もの人が、4日間近く呼吸するだけの酸素があるのだろうか。単純に計算して見ると、どんなに大きく見積もっても、報道されたとおりなら、その空間は30立方メートルもない。

人間一人の呼吸量は、平均で一分40リットルと言われている。ただ、同じ物を吸ったり吐いたりするから、必要な量だけで言うと（これを「換気量」という）、一回、350ミリリットルと言われ、一分平均ではほぼ5リットル、一日では7200リットル、この中の炭酸ガスの量は、700グラムくらいになる。一分40リットルでは、一日一人で57600リットルになり、30立方メートルでは一人分にも足りない。換気量で言っても、30立方メートルでは3人では一日ちょっとで息が出来なくなる。

これは、そこにある空気だけを吸っているという計算。それでは助からない。

実は、吐きだされた炭酸ガスは海水に溶ける。そして、海水からは酸素が発生する。しかも、海水温はかなり高く、船は揺れているから、循環がいい。こう考えなければ空気の問題は解決しないと思う。余り、こういう知識が十分でない私にさえも、ひょっとしたら間違っているかも知れないが、この程度は考えられる。テレビに出演してこれを問題にしている人達よ、少し勉強して欲しい。私自身余り正確なことは分からないが、常識的に考えてみた結果だ。本当のところが是非知りたい。

〔2009.11.2〕

比べる

「比べる」、「比較する」ということは、学問上は誠に大切なことで、研究にとっては実に大事な方法である。私自身、比較語彙論などということを提唱している。比較してみなければなかなかある物事がはっきりしないことが多い。比較することによって、初めてある物をこれこれと定位することが出来ることが多い。

ところが、人を育てるには比較は禁物である。「自尊心」と題した文を読んだ。その中に、この頃の若い人の中には自尊心を持てない人が多いということ、「自分が好きだ」という肯定的な感情を持てない人、自分自身を駄目な人間だと思っている人が多いということを知った。これは比較相対の価値観から出てきているという。つまり、絶えず、誰かと比べて育てられてきていることが大きな原因だというのである。確かにその通りだろう。良くできる兄さんに比べて叱られたり、逆に優れた弟に比べられて劣等感の固まりになってしまう兄貴、こんな事はざらである。この頃は一人っ子で兄弟とは比べられないかも知れないが、余所の子、クラスの子などと比べられて悄げてしまう子もいる。

私の知っている例では、姉さん達の婿と比べられて激怒した弟が居た。その話を聞いて私はさもありなんと同情したものである。親と比べられて他人にとやかく言われて萎縮したり、非行に走ったりする子もいる。上の文章には、「比べれば比べるほど、魂が曇ってきます。その結果自尊心を失っていくのです」とあった。

物は考えようである。10㎞の道を行くのに、最初の1㎞をもう1㎞進んだとするのか、まだ1㎞しか進まないと思うかである。自己に対しては、「まだ」と考えなければいけないだろうが、人に対しては、「もう」と考えなければいけない。十の問題中一つしかできないのを、九つ間違ったと思うか、一つ出来たと思うかである。一つ出来たらそれはそれで賞めなければ余計駄目になる。

「天上天下唯我独尊」は、お釈迦様が生まれて直ぐ四方に7歩歩いて言われた言葉と伝えている。この解釈は自分だけを偉いと思う「思い高ぶった」ものだとする誤解もあるが、そうではない。自分という人間は掛け替えのないものであるという宣言であり、これは万人に通じることである。決して人と比較して「自分は偉い」などと言うのではない。全ての人が、その人として無上の価値があり、偉いのである。

〔2009.11.3〕

相撲稽古で転落死

ちょっと古くなるが、6月26日、中日新聞の「相撲稽古で転落／66歳男性が死亡　蒲郡三谷中」という記事、余り大きくはなかったが、家内が目に留めて、私に見せた。

それによれば、亡くなった方は、もう20年も相撲の指導に当たっていた人だ。受けの稽古をしていて土俵から転落、「頸椎脱臼骨折」のために亡くなったという。

私は、その方より年で言えばもっと上。以前、名大相撲部後援会会長の加藤先生から、「田島さん、相撲を取って、手や足を折っても治るからいいけれど、首の骨を折るなよ、寝たきりになってしまうぞ」と言われた事を思い出す。私は、それより前から、毎晩寝る前に、四股100回（200回やっていたら、細谷先生にもっと減らせと言われて）、腹筋運動500回（これも3分の1に減らした）、首の上下左右100回ずつ計400回の運動をしていた（これは、100回ずつが限界）。その他で、寝る前に1時間以上掛かる。

そのお陰だと思う、稽古中に頭からまともに落ちたことが3回有る（念のために言うが、投げられて落ちたのではなく、投げて相手を飛び越して落ちたのだ）。頭に怪我をしたり、顔に派手な怪我をしてみんなに冷やかされた。「和尚さん、またですか?」などと檀家の方にも言われてしまった。それでも、首は特にどうということはなかった。頭は丈夫な物で、ちょっとくらいの怪我では何ともない。後で、首が痛くなりはしまいかと心配はしたが、無事だった。

最近では、前のめりの格好で自転車に乗っていて、それでも前を見なければならないから首は挙げている。それで、首が痛むことは始終である。また、平生私は殆どTシャツか、ゆったりした上着を着ているから気にならないが、時に、ワイシャツを着てネクタイをしなければならないことがある。以前に、わざわざ注文で作ったワイシャツを着ると首が窮屈で、釦がかけられなくて困る。キリキリの所まで釦を移動してもらってもまだ窮屈、シャツが縮んだのか、首が太くなったのか。

江島其磧の『浮世親父形気』に相撲好きの年寄りが、年甲斐もなく若いのと相撲をとり怪我をしてそれが元で死んでしまったというような話を読んだことがある。一度、それを指摘されてちょっと恥ずかしい思いをしたがやっぱりなかなかやめられず今に至っている。

それにしても、今、数えで70歳、そろそろやめる潮時か。実は、もう、去年満68歳を期して一旦はやめた。そう宣言もして送別会までして貰ったが、良かったらいつでもおいで、というクラブの皆さんの甘言に乗ってあいかわらず稽古に出掛ける始末で、今年は完全復活の体。しかしやっぱり、潮時なんだろうと思う。この前、稽古で腰を痛め、更に、靴下をはこうとした時追い打ちを掛けるようにぎくっと来た。今、それで難儀している。

〔2009.11.16〕

ＣＯＰ15

コペンハーゲンで開かれている地球温暖化防止のための温室効果ガスの排出基準を定める協定を結ぶための会議ＣＯＰ15の様子の報道を見ていると呆れることが多い。先進国と途上国の対立がなかなか解消しない。それどころか増幅しているようにさえ見える。途上国どうしの対立も激しい。

恐らく誰も感じることだろうけれどもなりふり構わず国益を振り回している構図だ。日本は、私が日本人だからそう思うのか、余りに大人しすぎる。中国の言い分を聞いていると、最大の排出国でありながら、その自覚は全く感じられない。先進国の援助が少なすぎると。日本の目標についてもうぬぼれるなとのたまう。中国自身は、漸くのこと、自主規制値を出しはした。しかし、それは、国際的な義務でもないし、更に、温暖化ガス排出を押さえるどころではなく、ＧＤＰの伸びに応じて、増加さえする仕組みであり、問題にならない。それでも、そういう数値を出したことで多としなければならないというような雰囲気さえあるのは何故か。インドも同様である。世界第二の排出国米国は２００５年比17％の削減を恩着せがましく出してきている。

何より、基準が区々では比較さえ出来ない。一律に規制できないことは確かであるが、同じ基準でゴマカシの利かないようにしなければならない。

ＥＵは１９９０年比20％の削減、日本も頑張って、１９９０年比25％削減を目標に掲げた。米国の削減率は１９９０年比に直せば４％足らず（中国の計算では１％だという）、中国・インドの目標はよく分からないが増加さえする。

日本は、他の排出国が足並みをそろえるという条件を絶対譲るべきでは無かろう。多くのことは、他はどうともあれ、自らやるべき事をきちんとすることが肝要なことである。この問題でも、結局はそうであっても、日本一国が幾ら頑張っても世界の排出量の４％にしか成らないと言う。京都議定書の延長を求める声が大きいと言うが、それでは、米国も中国もはいらない。締約国全体でも全体の排出量の28％にしか成らないそうで、これではなんにも成らない。爪で拾って箕で零すようなものだ。

これればかりは、世界規模でやるべき事だ。そういう雰囲気はないのだろうか。世界の指導者の資質力量が問われることだと思う。それとも、温暖化は大したことでないというのだろうか。

世界の異常気象、多分、この温室ガスの排出に大いに関係しているのだと思う。

〔2009.12.10〕

勘定が合わない

新聞の見出しにこうあった。「温暖化対策税」（横書き）「ガソリン税1リットル5円下げ」「環境省案　世帯負担は年1127円増」と（中日新聞2009.11.12一面）。この見出しだけ見ていては、何も分からない。

今年、民主党が、長らく続いた自民党政権を打倒して政権交代を果たした。前政権の負の遺産を引き継いだ今の連立政権は大変困難な運営を迫られている。マニフェストの実現もしなければならないし、一方では昨年来の金融危機から、景気は大変悪く、今年度の歳入が46兆円超を予定していたところ、9兆円以上も税収が落ち込み37兆円強しか無く、国債発行が50兆円を超えるという。自民党は、最後まで大盤振る舞いをして、ツケを後に残した。だから、今、政府のやることに対して、自民党の総裁・幹事長・政調会長などがとやかく言っているのも、皆空々しい。

それはそうとして、この新聞記事は何を言おうとしているのか。民主党はマニフェストでガソリンの暫定税率廃止をうたっていた。一方温暖化防止に取り組む姿勢も見せている。それが、「温暖化対策税」だということは分かる。読んでみると、5円下げるというのは、暫定税率25・1円を廃止する代わりに、20・1円の温暖化対策税を課し、結果として、ガソリン税は5円安くなるということ。さらに温暖化税は化石燃料に掛かる。石炭・灯油その他に掛かる。電気料金に跳ね返って、一世帯当たり年間１１２７円の負担増と試算されたということだ。

記事全体をよく読めばそういうことかという理解は出来るが、この見出しはまるで判じ物、勘定を合わせるのに苦労する。それに、ここには、鳩山さんが嫌がっている（けれどもどうにもならないだろう）暫定税率廃止と温暖化対策税創設が、当然のように組み合わされている。もうちょっと丁寧な見出しが付けられないものだろうか。ガソリンにかかる税金は結局５円下がるが、温暖化対策税のために差し引きとしては、若干の負担増になるということを上手く表現できないだろうか。

余りに何もかもいっぺんに言おうとして、こんな訳の分からぬ見出しの表現になったのだろう。丁寧に分けて言うべきだろう。

〔2009.12.10〕

めくばせ

「めくばせ」をして知らせてくれたので、上手く答えることが出来ました。「目は口ほどに物を言い」ということである。

ちょっと時間が経ったが、NHKの夜10時のニュース（2010.7.28）で「死刑」に関する話の中で、「広くめくばせをして…考えなければ…」というようなことを言っていた。おやっと思って聞いた。その後特に訂正もなかった。誰も気に止めないのかも知れない。しかし、私は変だなと思って書き留めておいた。

明らかに「めくばり」と言うべき所である。漢字で書くと、「目配せ」と「目配り」、文字通りたった一字の違い、漢字で書かなくてもたった一字違いだが、随分と意味は違う。

ついでに、やっぱり同じ時間のニュース（11.2）、「紅葉狩り」を、これはうっかりだったのだろう、後で直していたが「こうようがり」と言う。多分、局内で直ぐに気がついたのだろう「もみじがり」と言い直していた。尤も、間違ったとは言わなかったので、ごまかしたのだろう。大したことではないが、昨日、少年の主張という大会があったというニュースの中で、一人の女子中学生（だろうと思うが）が若者の言葉の乱れを歎き、この若者達が大人になったときが思いやられるということを言っていた。そうでなくても、もう、今の大人達が乱れの先鞭を付けている。

ただ、私は、勿論正しい美しい言葉遣いは望ましいとは思うが、言葉は社会的な産物でもあり、世の乱れも進歩も映している。何でも今までいいと言われていたものがいいとは限らないのだと思う。言葉は変化する。変化に抗する人、変化を助長する人、色々あろうが、言葉は常にこういう多くの人々の思いを含み込んで移り変わっていくのだと思う。

〔2010.11.8〕

神と和解せよ

矢田川の橋を渡り、瀬戸の方に向かって走っていた。渡りきったところに、何所にでも見られる小さな神さまの祠が有った。そこに「神と和解せよ」と書いてあった。幟に書いてあったのか、横断幕だったのか、そういう立て看板が有ったのか忘れてしまったが、はっきりそう見えた。ただ、書いてあったのは、後から思えば、その氏神様の中ではなく、隣り合ったところだったのだろう。

我々、日本の八百万の神さまと喧嘩をしたわけではない。「和解せよ」と言われても何のことか分からない。

この神さまは神道の神さまや、仏教にも色々の守護神が出てくるが、恐らくそういう日本の神さまではなかろう。神社仏閣で何か願い事をしたりしてお参りする経験はある。道端のお地蔵さんや、氏神様、よく祀られているのを見る屋根神さまにも、特に何と言うことなく頭を下げて通ることもある。神さまとあらがったり、諍いをしたりするようなことは考えにくい。

和解をしなければならないのは、こういう神さまではなかろう。どういう宗教の神さまだろう。

このことと、直接関係はないかも知れないが、キリスト教は日本で布教する際、布教に都合がよい仏教や神道の用語を借用した。同じ行為を表す「礼拝」にしても、仏教でライハイというのをレイハイとしたり、悔い改めることを仏教で「サンゲ」というのを「ザンゲ」と言い換えたりしている。ザンゲは、今では、サンゲより世間では良く通用しているようだ。

その時、どうして、一番大切な礼拝の対象である「神」(礼拝の対象ではないのかも知れないが)を、そのまま、日本古来の「カミ」としてしまったのだろうか。「神と和解せよ」などと言っているのも、多分キリスト教関係の団体のスローガンだろうと思う。キリスト教の神も、何か別の言葉を使ってくれれば「神と和解せよ」などと言って私を驚かすことはなかったのだと思う。

〔2010.1.21〕

何と言ったらいいのか

今年1月13日（2010.1.13）は寒い日だった。朝、洗濯物を外に干して、部屋で数分運動していて外を見ると大変な雪、ほんのすこし前に干した洗濯物の上に雪が積もっている。慌てて取り入れ雪を払い落とした。今年は、長期予報の暖冬気味というのが見事に外れた。気象台もその言い訳をしていたという。

今日の天気予報も殆ど雪のことはなかった。でも、みるみるうちに積もった。その後、丁度サイクリングクラブの人と電話をしていた。今日は、自転車は止めた方がいいよと言う。迷っていた。ところが、出発しようと思った頃には薄日も差して雪は止んでいた。家内は自転車は止めよと言う。迷ったけれども、やっぱり自転車で出勤した。途中、道は濡れていたけれども、何の支障もない。無事に着いた。

天気予報では、午後雪マーク、特に、帰りがけの頃は雪だるまのマーク。降れば仕方がない、ままよ、と一応レインコートはリュックに詰めた。

冷たかったが、爽快だった。車で通うよりも、電車バスで通うよりも、この到着後の爽快感は何物にも換えがたい。

雨や雪はしかし自転車には大敵。風も大変な難敵。でも、難敵にもかかわらず、風の時は出掛ける。雨の時は、考える。後で降るというような予想があっても、その時降っていなければやはり自転車。

その日は、そうして出掛けて、予報の雪は降らず、無事に帰宅できた。冷たくて手はかじかみ、痛みを覚えたけれども、体は疲労も覚えず、気持ちよかった。

私は、いつも、出がけに、天気都合さえ良ければ、後で雨が降っても、それは仕方がない、雪でも風でも仕方がない、今、出かける時に都合さえ良ければ、後のことはどうでもいいと言えば語弊があるが、まあ、何とかなるわ、と、こんな風に思う。こういうのは、刹那主義というのとは違うし、楽天主義とも違うし、一体何というのだろうか。脳天気とでも言うのだろうか。

それはそうと、今日もとても冷たかった。

〔2010.1.15〕

ああ、鳩山さん・小沢さん

　2009年のトップニュースになったほどの政権交代、それを果たした立役者の鳩山民主党代表と小沢幹事長、このお二人の身辺が政治資金の問題で騒がしい。

　鳩山さんの場合、そのお母さんが有り余るお金を、政治にはお金がいるだろうからと数年間毎月1500万円も息子達に与え続けていたのだから、利権とは関係はないのだろうが、政治資金規正法に抵触し、税法にも抵触するということだ。大変な金額であるから、やはり庶民としては、分からないところがあるが、不正は無かろうということで、国民も何となく釈然としないけれども大目に見て、辞めろとまでは言わない。自民党の幹事長や総裁が色々言っていることもまるで迫力がない。

　小沢さんの資金の場合は不思議なことだらけだ。幹事長自身、法に触れることはない、と言明し、検察も暴ききれなかった。幹事長辞任はせず続けるという（「続投する」などと新聞にはあるが、ピッチャーでもあるまいし、何を投げ続けるのだろう）。鳩山さんも幹事長辞任を求めないという。鳩山さんより金額は小さいが、やはり巨額。この場合は、その出所が問題だろう。

　確かに、総選挙前にその疑惑はあり、小沢さんの公設秘書が逮捕までされている。鳩山さんの資金についても一部は報ぜられていた。だから、国民は納得の上で政権選択をしたのだから、今更辞めないというのは、ちょっと詭弁じみる。その証拠に、世論調査はじり貧である。森内閣・麻生内閣のような悲惨な数値ではないが、この問題が長引けばやがて危険水域に近づくだろう。そこで、政権たらい回しが行われれば、前の自民党の団子三兄弟内閣と同じ事になる。それは国民にとっても、日本にとっても不幸、早く、真相を明らかにして、もっと前向きの論議をしてほしいものだと思う。

〔2010.1.17〕

名が体を表さない

「名詮自性」という言葉、「名称はそのものの性質を表す」ということだ。つまり、名は体を表すということである。折に触れ思い出す言葉だ。

ところが、最近、何に限らず聞いても見ても一体それが何であるかということすら分からない言葉が多い。外国語や略語ならそうでも仕方がない。ところが、典型的な日本語でもそうである。卑近な例を挙げてみよう。トラックに「浅井商店」と書いてある。そのトラックはゴミ収集車である。この頃、ゴミ収集車も必ずしも清掃局のものとは限らない。民間に委託しているのであろう。それにしても「〜商店」とあれば、何か販売している店を想像する。まさか、ゴミを販売しているのではなかろう。

これに限らない。その中でも、この「〜商店」というのが多く目に付く。以前、知り合いの中にやはりこういうのがあった。自家営業で飴を製造している家だった。そこが、「〜商店」と称していた。作った飴を売るわけではなかった。表から見れば、これまた昔流の言い方をすれば「しもた屋」であった。

「〜会社」というのも目に付く。それが、その会社の業務内容を指しているなら問題はない。しかし、

「〜」の部分、個人の名前や苗字が着いていて「伊藤株式会社」とあっても何か皆目見当が付かない。折角、自己をアピールする店の名前だ。見た人が何をしているのかが分かるようにする方が得だと思うのだが。

この頃は、一つの会社で、色々なことをするから、簡単に名前が付けにくいということもあろう。前に書いたことがあるが、トイレットペーパーに「〜鉄工所」製造と書いてあった。副業か、業種を転換したのか、名前を変えるのが面倒だったのか、色々事情は有ろう。それで、このごろは何をやっているのか分からないような名前を付けるのかも知れない。

店の名前はそれでもまだいい。学術用語などは、確かに、その定義をきちんと調べればいいのかも知れないが、やはり、名詮自性が求められる。論文の中に出てくる各種の表なども、きちんと名前を付けて欲しいし、それで何を表そうとしているのかも分かるようにして欲しい。どう見たらいいか分からないような表に出会うと困ってしまう。分からない方が悪いと言わず、読者にも、表の見方がきちんと分かるように説明しておいて欲しいものだ。

〔2010.1.30〕

ああ、朝青龍

日本相撲協会から出されているカレンダーの２０１０年の１・２月の面は、朝青龍と白鵬が羽織袴の正装で笑みを湛えて握手している大写しの写真で飾られている。その、朝青龍はもう春場所では見られないのだ。

初場所の最中、酒に酔って人を殴って怪我を負わせたということが発端で、引退を余儀なくされたのである。今までも、土俵外でとかくの好ましくない評判があった。仮病を使って巡業を休んで帰国し、そこでサッカーに興じていたことが知れて出場停止と減俸を食らったのも私の知る限りではあまり他に例がないことだ。出場停止があけた場所で優勝し、土俵でガッツポーズをしてお咎めを受けたり、今度は人を殴ったりと、話題に事欠かなかった。

横綱は単に強いだけではいけないのだと言われる。心技体とそろって人に範を垂れなければならない存在だ。それが強く求められた結果が、今度の引退だった。

世の中の見方はしかし様々である。朝青龍の天敵みたいな人達もいる。そういう人達の意見が新聞にはデカデカと載る。そうではない人の意見が載ってもかすんでしまう。しかし、朝青龍のファンは多い。長らく、一人横綱で大相撲を支えてきた功績もある。だから、解雇でなく、功労金や退職金も支払われることになった。それはそれで結構ではあるが、ファンは彼の相撲が見たいのだ。ガッカリしている人も多いと聞く。大阪場所がどうなるか見物である。

直接関係はないが、今度のバンクーバーオリンピックで服装の乱れていた選手の出場を辞退させようとする騒ぎがあった。団長の権限で出場することになったが、その記者会見でも、大して悪いことをしたというような様子はその選手には見られなかった。勝てばいいんだろう式に聞こえた。はたしてどうなるか。

スポーツと人格、強いと同時に人格的にも成長していることが望まれるが、中々兼ね合いは難しいものがある。ボクシングの亀田某ほどになると、やはり、いくら強くても余程のファンでもない限りは、鼻白んでしまう。強くなれば、それに伴って相応の自覚も出てきて欲しいと思う。〔2010.2.17〕

信号は何のため——最敬礼

はば5メートルほどの小さな道、大通りと交差するところに信号がある。大通りを横断するには、この信号がないとちょっと難儀だろうから、この、信号そのものの存在は誠に有意義なものだ。それは、確かにそうなのだが、そこを横切る車などは僅か、あっても精々二、三台。後は、何も通らないところを信号が変わるまでじっと我慢。大通りの歩道の歩行者は、殆ど信号を無視して渡る。私は、自転車で通るのだが、青信号まで待って渡るようなことはほとんど無い。何の危険もないところで待っている必要は感じないし、一向差し支えないと思う。

ところが、つい最近、たまたま、信号が変わってしまって渡り損なった。その時、やはり、そこは何も通っていなかった。いつもなら、それを確かめて渡るところだったが、そこに、パトカーが止まっていた。文句を言われるのも癪だから、殊勝に待っていた。その時、何の不思議もないことだが、歩道をかなりの歳の女性が平然と渡った。そうしたら、案の定、パトカーが叫んだ。「そこの歩行者！信号は赤です、信号を守ってくださいっ」と。その老人、後ろを向いて最敬礼した。何か言っていたのだろうが聞こえなかった。

警官としても黙っているわけにはいかないのだろうが、如何にも杓子定規。何の危険もないところなのだ。確か、道路交通法には、私が勉強したときと変わっていなければ、信号は、道路交通の危険防止が目的で設置されている物だということだった。ならば、危険がないとき、その信号に従わなければならないのだろうか。信号のために人間が居るのでなく、人間のための信号である。このあたりをよく考えなければ成るまい。よく、ドイツ人が夜中でもちゃんと信号を待っているとか、フランス人は大通りでも危険さえなければ平気で無視するとか、そういう話を聞く。信号は何のためにあるのか?

ただ、こうは言っても、車を運転しているときは、いつ何時何が起こるか分からないから、信号を無視することは大変危険を伴う。しかし、歩行者や自転車のように四方が全て見える状態の場合は車を運転している場合とは事情が異なる。それでも、車の運転者同様にしなければならないのだろうか。いつも感じる疑問。あの、品のいい老女の最敬礼を見て、改めて感慨を催した。

〔2010.4.17〕

日付

今、老後に備えてと言うか（もう老人の域にいる）、死後に備えてと言うか、増えすぎた物を整理するために、捨てられる物は捨てようと物を整理している。とにかく物が増えすぎた。しかし、悲しいかな、戦後の貧乏生活、物不足の中に育った私には、余程のことがないと物は捨てられない。後でまた使えるだろう、使う機会があるだろう、ひょっと使ってくれる人もいるだろうなどと考えて、いっかな、何も捨てられない。この冬、幾つか、穴の開いた靴下を捨てた。これも、以前なら、また宛て布をして使おう、他のを直すときに使おうなどと思い、取って置いたものだ。シャツなどの下着類でもそうだ。残念ながら、自分自身で針を以て直すということは、目も悪いし、技術的にも出来ないので、家内に頼むと、にべもなく断られる。何れ、少し勉強してと考えていた。しかし、考えを変えなくてはいけないときのようだ。

その一環として、厖大な手紙のストックを片づけ始めた。読み始めると時間の掛かること掛かること。中々捨てられない。さすがに年賀状はかなり簡単に捨てられるが、中に捨てがたい物もある。たった10年ほど前の物でも、目を通していると随分な変わりように気づく。何より、元気で年賀状をくれた人が既に故人になっているというものの多いこと、10年という歳月の重みを感じる。

読んでみて、捨てられないなと思うものは多いが、その日付が無い物、消印も不明な物には何か残念さが伴う。私自身も、月日しか書かなかったことが多いが、最近は年月日を書くようにしている。ちょっとした、雑文を書くにも、今はその年月日を書くようにしている。その時書くのは何の造作もないことだか、後に、それを知りたいと思っても調べるのは大抵は容易でない。今、手紙を整理していて、こんな感慨を催した。

もう一つ、直接の関係はうすいが、メールでも手紙でさえも、自分の名前を書かない人が時々居る、ということである。うすうすは誰からのだと分かっても、矢張り、数多いメールの中では是非、記名して欲しいと思う。テストでさえ、名前を書かないのが居るが、これは、一種の習慣かと思う。記名の習慣、日時を書く習慣はとても大切だと思う。

〔2010.4.17〕

断酒の弁

35年間以上、殆ど欠かさず飲んできた酒を止めることにした。徒然草に言うように、黙ってやっていては、いつまた再開するか分からないので、大学の同僚にも宣言した。中には、そんなこと言ったって、今だけだろう、とか、無理しなくてもいいよなどと言ってくださるが、私本人としては、まるで飲みたくなくなったから不思議と言えば不思議である。

切っ掛けは、娘が読めと言って勧めてくれた新谷弘実というお医者さんが書いた『病気にならない生き方』（サンマーク出版２００５）である。実に意外な事実に満ちている。科学的でない、と反論があることも聞いている。しかし、新谷さんの厖大な体験に基づく文章である。成るほどと思って読んだ。我が意を得たことも多い。しかし、それに賛成するためにはどうしても、新谷さんがいけないと言われる「酒・たばこ」を止めなければ上の空の空念仏にすぎない。それでは、ということで、酒を止めたのである。

アルコール中毒で酒を止めなければいけないと言われた人が、中々止められないという話や、涙ぐましい努力のことを聞いたことがある。それでも止められない人が居る。たばこを止めようと薬を飲んだりすることも聞く。そんなことを思うとあっけないようなことである。飲みたいのを我慢して飲まないのではなく、飲みたくなくなったのである。

まだ、3週間であるが、やはり体に変調はある。先ず、頭が何となく重い、血圧が高いかと思い、測ってみると確かに少し高め。私の信用している神経内科のお医者さんに見て貰ったら、逆に低い、血流の関係か、脊髄液の不足か、いずれにしても大したことはないが、時間があれば点滴でもしてったらというので、生まれて2回目の点滴、それでよくなったということはなかった。液がもれて腕が腫れてしまった。血圧は正常になった。

私は、以前から低体温気味だった。7度台など、もう40年来経験がないが、その経験をしたときは、腰抜けになってしまった。以後気にも留めていなかったが、最近測ってみるといつも5度台、時に4度台の時すらある。どうやらはかり方も悪かったらしい。今の体温計、ピッピッと鳴る。それでいいかと思ってみると未だなのである。その後、5、6分経つと大抵0.5度くらいは上がっている。それはともかくとして、最近それが、6度台を回復してきた。新谷さんの本では、低体温では酵素が活性化せず、逆にガン細胞は5度台で良く育つと書いてあったので、これは有りがたいと思っている。断酒のお陰なのだろうか。手つかずの酒、いけないというのを人にあげるのも何となく気が引けるが、何とかしなければならない。

〔2010.4.19〕

㊟　今はまた飲んでいる。新人歓迎の時、飲まないのも何となく不自然なので飲んでからである。それでも二年以上の間断酒していた。

台風9号

この夏の暑さについてはもう言い飽きたし皆さんも聞き飽きたと思う。この暑さは113年前から記録を取りだして最高だと言うのだから何とも仕方がない。

いつもに比べて台風の発生が少ないなと思っていたら、日本の直ぐ南海上で台風4号が発生し、九州の西を北上し、今度は東に回って日本海側から日本列島に上陸して太平洋側に抜けた。これが盆前のこと。各地大雨と風で帰省の人達が随分迷惑した。それから立て続けに発生しているが、発生しても太平洋高気圧に恐れを成して日本本土には近づけず、腹いせに沖縄を虐めている。沖縄は政治の上でも本土に酷い目に遭わされているのに、台風にまで魅入られては気の毒だと思うが、これればかりは何とも仕方がない。たまの台風ならば水も供給してくれるので有り難くさえあるが、続くと困る。

その中で9号は、9月初旬、矢張り日本の近海で発生後、4号と似たルート。しかし、ちょっと東に曲がるのが4号より早く、日本海から北陸に上陸、アルプス越えを試みたが、敢えなく潰えた。しかし、変わった熱低が大暴れ、時間雨量が120ミリなどという猛烈な雨のところがあり、一日で500ミリ近く降ったところが有った。

4号の時は台風一過という様子は丸で感じられなかったが、9号の時は、殆ど瞬間的と言うほどの短時間だったが、涼しい風が吹き、夏の空気と入れかわったかと思った。連日の熱帯夜がとぎれた。尤も、私が寝ている部屋は、28度を超えていたが、窓を開けておくと風が寒いほどだったので締め切って寝た。温度計は確かに28度を超えている。デジタルの温度計も同じく28・5度を示しているから間違いではなかろう。それなのに、今までの暑さに慣れた体には寒いとさえ感じられたのだ。ところが、明くる日、ほぼ同じような温度だったが、もう涼しいのに慣れた体は28度はとても暑く感じる。いずれも間違いではないのだが、慣れということと、風のあるなしとでこうも違うのを知った。

気象庁関係の人が言っていたのが気になった。もう、間違いなく異常気象、今後はこういう状態が繰り返されるだろうと。なかなか防戦の手段がないのが悔しい。クーラーは一時的には良くても、結局は世の中全体を暑くしてしまっている。自転車で脇を通るとき思うのだが、小さな自動車でも、随分の熱を発散している。この世界では数えようもないほど沢山の車が地球全体をどれだけ暑くしているやら。自転車通勤が増え、「ジテツウ」などという言葉さえ生まれたそうである。焼け石に水、蟷螂の斧みたいなものかも知れないが、まずは自分の出来ることから、異常気象を招く温室ガス排出を減らさなければと思う。

台風が緯度の低い熱帯地方ではなく、日本近海で発生するということは、もう間違いなく、日本が熱帯地方にあるということだ。温暖化の所為なのか、地球全体の自然の気候変動過程の一現象なのか、原因ははっきりしないとはいうものの、悪い変化を引き起こすようなことだけはしてはいけないと思う。

〔2010.9.10〕

クーラー

この夏、自宅にいながら熱中症に罹る人がかなりの数に上ったし、日中だけでなく夜間にも熱中症ということで病院に担ぎ込まれた人が多い。

テレビが伝えていた或る例では、82歳の一人住まいの女性、熱中症で入院、ほぼひと月で退院になったが、クーラーを設置する事という退院の条件が付いた。そのお宅に医師が往診しているシーンが映った。クーラーはあったが、案の定、スイッチが入っていない。その時部屋は33度の暑さだった。

調査の結果、クーラーを使わない理由として、嫌いだからというのが1位、電気代が気になるというのが2位、これで大半を占める。年寄りは大体こうなのだろう。電気代が気になって病気になっては困るけれども、本当の本当はどうなのだろう。

私は、この9月はじめの暑い一日、38度の予報の日、一日クーラーのよく聞いた部屋で人の話を聞いて過ごした。その日の内、あくる日も特になんということもなかったが、何となく喉がおかしい。耳鼻科に行ったら典型的冷房病で、喉に炎症が起きているという。うがい薬を貰って帰ったが、その後どんどん喉がガラガラになる。痛いこともないし、熱もないし、咳もない。ただ、声がガラガラ。

平生全くクーラーを使わないわけではないが、一日中冷えた部屋に居通しということがほとんど無いのに、たった一日のことでこんな始末。冷えた部屋でも動いているときはいい。しかし、じっとしているとと良くないと思う。お年寄りが、暑いからといって、クーラーを効かせて一日じっとしていたらどうなのだろう。よく考えなければなるまい。

もう、10年以上もまえから、ひょっとするともっと古いことになるかも知れない。私自身、夜は一切クーラーを使わずに寝る。風のあるときはいいけれども、温度計を見るとこの夏は殆ど30度を下回ったことはない。朝方ですら低いときで29度、この前、台風9号が通り抜けたあくる日だけは28度だった。この部屋で、竹マットを敷き、その上にバスタオルを広げて寝る。パジャマはきちんと着るが、夜具は無し。タオル一枚もかけない。夜中に、汗ビッショリということもあるが、団扇で過ごす。家内はクーラーを効かせて寝ている。その部屋で寝られないわけではないから、寝ればいいようなものだが、正にやせ我慢。夏中はこうして寝る。それでもぐっすり眠れるから有り難い。

〔2010.9.12〕

中国の反日デモ

先月、尖閣諸島周辺海域で中国漁船が日本の海上保安庁の巡視船に（故意に？）衝突し、船長が逮捕された事件をきっかけに、尖閣諸島は中国領土だと主張し反日デモが渦巻いた。中国政府は今までにした約束を次々に反故にし、聞くに堪えない言辞を弄したが、これは多くの心ある日本国民にとっては心外なことであったろう。やっとの事で、首脳会談（中国政府は「会談」とはいわず「立ち話」だと言っている）でようやく事件は沈静化しようとしていた。その矢先、日本での抗議デモが中国で大々的にかなりセンセーショナルに報じられたことをきっかけに、またもや中国の各所で反日デモが暴徒化し日本人商店などが随分な被害を被り、また種々の交流がストップしている。

各種の報道では、中国国内での権力闘争も絡み合い、はけ口を外部に向け、政府に対する圧力の矛先を日本に向けているのだという。そういう面があるのかも知れない。なかなか厄介なことで、これが、中国にとってどれだけマイナスになるかは上層部はよく知っているのだろうが、コントロールしかねているのだろうか。折しも、ノーベル平和賞が中国政府の反対する劉暁波さんに与えられたことも種々に複雑な反応を引き起こしており、ひょっとすると我々の知らないところで、中国の内部はとても難しい舵取りを逼られているのかも知れない。

我々としては、隣国である中国とは出来るだけ仲良くしたいと思うばかりであるが、一方では、中国人民が経済的に恵まれるだけでなく、言いたいことが言え、ノーベル平和賞も喜んで受けられる自由な国になってほしいものだと願うものである。

尤も、このノーベル賞は、よく物議を醸す。アウンサン・スーチーさんの平和賞にしてもそうだし、文学賞だったけれども、かつて、ソ連時代のソルジェニーチン氏などへの授賞も当時の政府には受け入れられなかった。日本の佐藤栄作元総理大臣の平和賞もとやかく言われたものだった。〔2010.10.19〕

暴力団

ニュースを聞いていると、暴力団組員が……とか、暴力団を辞めた人が……とか、暴力団関係者が……とか、よく耳にする。まさか、漫画じゃないから、そういう人たちが、自ら名乗っているのではなかろう。しかし、世の中にはれっきとした暴力団が名前はともあれ、現に合法的に存在する。彼らは一体何をしているのだろう。夏にはわらび餅を売り、冬は焼き芋屋に成っていると聞いたことがあり、以後、わらび餅を売っているのや「石やーき芋」などとやっているのをそんな目で見ることがあるが、本当のところはどうなのだろう。

そういう職業があるということは何かやって成り立っているのだろう。焼き芋屋やわらび餅屋などは小者の小遣い稼ぎくらいだろう。恐らく、表に出ない巨悪があるのだろう。しかし、そもそも、暴力団なるものが合法的に存在していること自体おかしなことではないか。非合法化して組員を更生させ、こんなのが大手を振ってのさばれないように出来ないものか。アングラ化すると却って良くないのだろうか。根こそぎ社会から根絶できないというのも悲しいことだ。

そう言えば、タバコなど最近では同じような境遇にある。なかなか手放せない人が多いようだ。中にはタバコ批判に確信的に反論する人もいた。大体、タバコがいかん、健康に悪いと言うが、そんなことばかり言っているから、みんな歳を取って年寄りばかりになってしまった、たばこを吸って早く死ねばいいと思っているなどと真顔で反撃されたことがある。

よく考えてみればそんなことは言えないのだが、そう言う人も現にいる。受動喫煙の問題は厄介だ。被害は自分だけでなく、寧ろ周りに余計被害があるというのだから。

大体、国がタバコに税金を掛けて、これを許可していること自体、変ではないか。国は収入を当て込んでいるのである。もっとも、下手な思案休むにしかずで、その税収に何倍する損失を蒙っているという。フランスなど日本の数倍近い値段だという。近隣の国で安いところがあるとそこまで行って買ってくると言うからこれも厄介な話。タバコが有害だというなら、もう少し知恵を集めて国境を越えて協力し合えないものなのだろうか。せめて、そうなるまでは日本だけでも、10倍くらいの値段にして、それでも吸いたい人だけが吸うなら、大分世の中綺麗になると思うのだが。尤も、そうなると又闇の世界が活躍するだろうし、暴力団の資金源になるかも知れない。名案は浮かばない。まともな人たちばかりなら、これは駄目なのだと心得て、駄目なことはしないというような風になると思うが、世の中そうばかりでないのが現実、ああ…。

日本人学生が、イランで、麻薬密貿易グループに拉致されている。こういうグループが存在していることがどだい変だと思うけれども、それが現実。ああ…。

〔2007.10.19〕

データ改竄

厚生労働省の村木さんがインチキの証明書を書かせて発行させた罪で逮捕起訴された事件は未だ耳に新しい。その、大阪地方裁判所での判決は無罪だった。既に、公判の途中から検察の提出した証拠が殆ど採用されず、判決が出る前からほぼ無罪が予想されていた。その通り無罪の判決が出た。そして、検察は控訴を断念して無罪が確定した。

それで事件は落着しなかった。取り調べをした特捜部の主任検事が証拠として押収されたフロッピーディスクにあった書類の日付を検察の主張に合うように書き換えていたことが露見した。当初、この報道は我々にはなかなか事の真相が分からなかったが、その主任検事が逮捕拘留されて、取り調べの中で言ったことが報道されたことで、大体のことは了解できた。つまり、一言で言えば、そのフロッピーディスクにある内容は、逮捕容疑と辻褄が合わず、事件そのものが成り立たないことが分かってしまうものであったので、検察の筋書きに合うように日付を書き換えたというのである。証拠として提出された物ではなかったということだが、これが明るみに出れば事件そのものがでっち上げということが分かってしまう。そのために、書き換えたらしい。

その上、その主任検事は書き換えたことを同僚にも漏らし、上司にも報告していたという。上司は、それは誤ってそうしたのだということをその検事に言わせたかったらしい。そして、それはうやむやにしようと思っていたらしい。そのため、今度は上司二人が犯人隠避の容疑で逮捕されてしまった。しかし、報道によると、この二人は、それは、最高検のでっち上げだと言って認めないという。これはどうなるか知らないが、データを書き換えた検事は起訴され、その時点で懲戒免職になってしまった。大変腕利きの検事だったらしい。ある意味で誠に残念な事であったが、一方では、大変恐ろしい事件だ。これが、明るみに出たことで、検察の威信と信用は失墜してしまい、この回復は容易なことではないかも知れないが、国民にとっては寧ろ幸いであったろう。

このようにして、過去においてはどれくらい冤罪が発生し、あたら有能な人がむざむざ罪に陥れられ、あまつさえ、命を落としてしまったことがどれくらいあっただろう。悪いやつをのさばらせるわけには行かないが、罪もない人を罪に陥れるなどはもってのほかのことである。災いを転じて福にすべきである。

それはそれとして、言葉遣いの問題で少し気になったことがあった。証拠をねじ曲げて作ったのだから、証拠捏造ではあるが、報道では、これをはじめから「証拠隠滅」と言っていた。そういう法律的な使い方があるのだろうか。

〔2010.10.19〕

「と」と「に」

助詞の「と」と「に」について以前から気になっていたことがある。「〜を〜とする」と言っても、「〜を〜にする」と言っても、たいていの場合はちょっとニュアンスは違っても、意味に大差はない。例えば、「彼の家を根城にしていた」と「彼の家を根城としていた」という二つの文、確かに違うけれども、言おうとする内容は殆ど同じである。多少、「と」の方が、積極的に意志が働いているようには思える。時には互換性の無いのもある。

伊勢湾台風直後のことだ。大学は大変な被害、授業もあちこちに分散して受けなければならなかった。その頃、文学部と教育学部は名古屋城の中にあった。そこに通う道に、アメリカの領事館があった。今、愛知県図書館のある、御園橋を上がっていった辺りである。その前を幅10メートルくらいの道が通じていた。その道はもう今は無い。その代わり、少し南の方に国道22号線が通っている。その領事館の前を自転車で通る。他の建物が皆随分の被害を受けているのに比べ、領事館の建物は特に被害もなく、なんともないように見えた。その何も被害のないことを、私はつい「領事館の建物はなんにもないよ」と言った。そしたら、「なんて、やぐいんだ、何処に吹っ飛んだんだ」と。「なんにもないよ」と言ったのは、被害はなんにもないよということだったのを、建物そのものがなんにもないと受け取ったのだ。この時、「領事館はなんともないよ」といえば、こんな珍問答は起こらなかっただろう。

普通に、何事もなかったことを「なんともない」とも「なんにもない」とも言う。それなのに、こういう事も起こる。

もう、随分前のことになるが、正法眼蔵のサ変動詞の特殊な使い方に関心を持っていた私は、日本語の宝庫である源氏物語のサ変動詞の使い方の調査をしたことがある。正確な数ではないが、源氏では約４２００例のサ変動詞があり、複合サ変が約２５００例、内約９００例が漢語サ変。単独で用いられているのが約１７００例、この内、私が、「認定・変化」を現す用法とした物に、「〜ヲ…ニス」と「〜ヲ…トス」となるものがあり、前者が圧倒的多数、後者は数えるほどしかなかった。一方、正法眼蔵では何を母胎とするかで違うが、その時は、95巻本を対象にして考えた。すると総数ではほぼ９８００例、内漢語サ変動詞が８９００例、単独と和語サ変動詞は僅か９００例ほどだった。サ変動詞が使われる文型は源氏で大別6種有った。正法眼蔵にも此を越えるものはなく、その内の4種に分布していた。そして、前述の「認定・変化」に属するものは、正法眼蔵では、圧倒的に「〜ヲ…トス」が多く、「〜ヲ…ニス」は極めて少量だった。

正に文体の差に起因するものであり、「と」と「に」の意味するところに依るものだと考えられた。動的意味と、静的な意味と比喩的に言ってもいいかもしれない。

アメリカ領事館があった辺りを通ると、つい、こんな事が思い出される。

〔2011.2.18〕

入試とケータイ

遂に、日本でも入学試験最中に外部とケータイで通信して解答するという不正が発生したことが明らかになり、犯行に及んだ予備校生が偽計業務妨害で逮捕された。この生徒は、四つの大学で同様の入試不正を行った。

このところ、2月25日にあった京大入試の折に発覚したこの件は、北アフリカリビアの騒動、ニュージーランドの地震のニュースを凌いで、トップになっている。その手口に関して、いわゆる識者という人達が色々解説してくれた。犯人特定は時間の問題と思われたが、昨日、7日に特定され、その逮捕に至った。今朝のテレビでは、19人の受験生の部屋で、ベテランの監督者が見守る中で、ケータイ等を使った不正行為に関して実験があった。詳細については略すが、その気になればほとんど気づかれずに実行可能なことが分かった。つまり、いかに厳格に監督をしたところで、この不正行為は防げないということのようだ。

中でも、眼鏡に仕込んだ小型カメラで写され、解答をイヤーホンを通じて教える手口は、直ぐ隣にいた者にも全然気づかれていなかった。その、眼鏡も見たところ普通の眼鏡、只、それに紐が付いてはいる。しかし、この頃、眼鏡を紐で吊しているのも幾らでもいるから中々見分けは付けられない。

イヤーホンは不自然かも知れないが、補聴器と言われたらどうしたらいいのか。ケータイで写して外部から答えを貰うのでもそんなに困難ではなさそうだ。

数年前、韓国で日本のセンター試験に当たる試験でケータイを使った大々的な不正行為が発覚して、今、韓国では、入試会場で、ケータイは大学が預かることになっているという。所によっては、金属探知機でボディーチェックまでしている。いずれ、日本でも、現実問題としてどうすべきか、答えを出さなければなるまい。ただ、上に述べたように、事は、ケータイだけに留まらない。

いつの世にも、試験にカンニングの問題はついて回る。中国の科挙における不正行為など実に様々である。試験がある限り、カンニングということもついて回るだろう。

私はこれに関する解決方法なども思いも寄らない。何をやっても試験ということをする以上、いたちごっこのような気がする。以前、「入試全廃騒動」という戯文を書いたことがある（『かけはし211号』1998.12）。本当かと思って騒いだ人があってびっくりしたものだ。しかし、真面目に考え直したらどうだろうか。実現には、種々の事柄を検討し解決する必要があるが、そうすれば、きっと日本の大学もまともになることは請け合いである。

この件に関して、識者と言われる方々の推測が悉く外れていたことは意外だった。今回はそれが分かったが、他の多くの場合、「識者」の言っていることの真偽はどうなのだろう。

〔2011.3.3〕

天罰

3月11日に日本を襲った東北関東大震災、或いは東日本大震災、これを、歯に衣着せぬ事で知られた石原都知事が「天罰」だと言ったということを人づてに聞いた。どんな文脈で、誰に対しての「天罰」なのか分からないから、それ以上ここではそのことを追及するつもりはない。

私は、この震災に限らず、多くの天災地変は或る意味で「人間の所行」に対する戒めだと思う。そう思って、何がいけなかったのかよく考えて慎ましく生きていかなければならないと、常々考えている。

地震にしろ、台風にしろ、火山の噴火にしろ、有史以来、数えきれぬくらい発生し、繰り返し襲っている。しかし、人間が居ない限りは何の被害もない。如何なる大地震も、猛烈台風も、火山の大爆発も、人間が居るからこそ災害であり得るし、人間が作った物があるから、破壊もされるのである。そうでなければ、単に、自然現象に過ぎない。

尤も、隕石の衝突によって、地球の気候が一変し、そこに我が物顔に君臨していた恐竜たちが滅ぼされてしまったという。これは、人間の所行には関係ないが、何か、生き物に対する自然のやり様を象徴的に物語っているみたいだ。

この冬、日本で鳥インフルエンザが猛威を振るった。渡り鳥がインフルエンザを媒介しているという。渡り鳥も発生以来同じ行為を繰り返しているだけだが、インフルエンザに罹る鶏の方は、日本だけのことではないが、人間のやり方の犠牲だ。口蹄疫で大騒動をしたのも去年のことだし、アジア諸国では未だに蔓延しているという。鳥インフルとは違うかも知れないが、牛豚の飼い方自体は、人間の仕業である。人間はこのような飼い方をして、肉や卵をふんだんに食べている。それに対する自然の戒めであると理解することは間違いだろうか。

今回の震災の内で福島原発の事故は人間の所行の招いた最たる物だろう。未だ、人間は原子の火を十分には扱えていないのだ。それを制御可能と思うおごりがなかったか。冷却装置が作動しなかったなどというのは納得の出来ない説明だ。津波で壊れたというのもああそうですか、大変な津波でしたからねぇ、と肯定できるような理由には成らない。有ってはならないことがあった、などと新聞にはあった。その程度の想像力の人達が、作っていたとしたら大変怖いことだ。最近は、何かと「想定外」と言われることが起こっている。これは言い訳でしかない。

専門家は、随分周到に素人が考え及ばないようなことまで考えていると思えることがあるが、その中に、存外、素人なら考えるのにと思うようなこともある。今からでも遅くない。これから、何か重大な科学的挑戦をしようなどということがある場合には、全くの素人、丸で訳の分からないようなことを言う人達、奇想天外なことを言う子供なども交えて、手間暇掛けて「想定外」などというようなことが起こらないようにしたいものだ。

〔2011.3.16〕

風評被害

あらぬ風評の齎《もたら》す被害は、誠に無責任で腹立たしいことだ。

今回の福島原発の事故で放射能漏れが起こっている。20キロ以内に住んでいる人々は避難しているし、20㎞から30㎞の間の人達は屋内待避ということになっている。こういう方々が大変なことは少し考えただけでもよく身にしみて分かる。町ごと移転しているところもある。どんなにか不便で大変な思いをしていることだろう。健康な者ですらそうだから、体の具合の悪い人など想像を絶する大変さだろう。子供達も、避難先の学校に通っている。先ず、この人達のご苦労に心からご同情申しあげる。

農産物、漁業資源の放射能汚染、生産者にしては腹立たしく、悔しい思いだろう。一旦、汚染されているということが発表されると、今度は、もう大丈夫だと言われても中々人々は前のイメージから抜け出せない。そのために、産地は大変辛い目に遭わされる。厳重な検査の上での出荷だから、市場に出回っているものは安全だと言われても中々素直に、はいそうですかとは成らないのが世の中だ。これも、風評被害の一面だ。漁業に携わる人達は、漁をしなければ、生計が立てられないから、これも大変なことであるが、放射能に汚染された物を抱えこむことだけはなくても済む。しかし、農家は既に出来てしまっている作物は売れないし、これから、汚染された土壌に作付けをしなければならない。酪農家は搾った牛乳を塵のように捨てなくてはならない。どんなに辛いことだろう。漁師さん達も、お百姓さん達も怒りのはけ口がない。今まで、原発と共存共栄と言っていた人達ももうこりごりだと言う。これから先どうなるのだろう。どういう展望を示せるのだろう。

日本は世界地図で見れば誠に小さい。だから、外国の人達が、福島原発の事故の影響が日本全国に広がっていると思うのも無理のないことかも知れない。その辺り、日本政府がよくよく説明して、影響の及ぶかも知れない範囲と、決して及ばないだろう所を示さなければいけないのだろう。外国人の引き上げ、無関係の名古屋からも、入管では大変な騒ぎだという。これこそ、風評被害と言うべき現象で、腹立たしいことである。観光客のキャンセルも仕方ないと言って済ませることではない。

広報不足・宣伝不足の面が大きいように思う。必要なデータをどんどん出すべきである。アメリカや、ソ連、中国、イギリス・フランスなどが核実験を大気中で行っていた頃のデータと並べて示せと言っていた人が居た。当時は、雨が降ると、放射能を含んだ雨に濡れないようにと気をつけたことなど思い出す。

〔2011.4.9〕

後手後手

今度の東日本大震災に伴い、福島原発事故、地震・津波被害に対する復旧、復興について、避難者に対する手当、放射能汚染に対する補償問題、その他、実に色々な問題が起こってきている。

震災発生当時から、菅首相はじめ、菅内閣の構成員、特に、官房長官など寝る暇もないのではないかと思われるほどだ。最近、漸く、平服での記者会見になった。

専門家なら、あと、どうしたらいいのか、その青写真を思い浮かべることが出来るのだろうが、我々、素人には、テレビや新聞で惨状を見せられるばかり、一体此をどうするのかと気をもむほか無い。震災から、一ヶ月経って漸く、復興会議のようなものが組織されるらしい。そのメンバーを見ても、この方々がどういう考えを披瀝してくれるのか、それも皆目見当が付かない。随分有名な方々だが、そのご当人に本当に名案があるのか。名前を借りて、陰で役人達が自分の思い通りにするのでなければいいのだが。その道々の専門家と言われる方々の衆知を結集して、立派なビジョンを期待したい。それも、余り時間はない。早くして欲しい。

恐らく、首相・官房長官の他、閣僚達はこの対策に日夜頭を悩ましているに違いないと思う。そのことは、政府に任せておいて高みの見物をするのでなく、国会議員達も同様に頑張ってこんな時こそ衆知を結集して欲しいと思う。それも、一日も早く。

そう思うのだが、新聞・テレビには、菅首相批判がよく出てくる。野党は自民党はじめ口では全面的に協力すると言っている。それは誠に結構だと思う。ところが、その舌の根も乾かぬうちに、菅さんは退陣しろと言う。民主党の中でも、鳩山さんや小沢さん達が騒がしい。統一地方選で負けたことの責任追及をしようとしている。それを言ったら、今どき何を、と言われかねないので、震災対策を批判する。マスコミ・ジャーナリズムの論調も対策が後手後手だという。

もしそう言うなら、何か対策を講じたときにそれは駄目だからこうしろと「後手」にならない策を示したのだろうか。そういう提案があったのかも知れないが、私はそれを聞いてはいないから、「対策が後手後手だ」という批判は、結果を見て言っているみたいで、勝手すぎるように思えてならない。もし、今、それじゃあと言って菅さんが辞めたらどうなるのか、辞めろ辞めろと言っている方々、何も自分ならこうすると言わないじゃないですか。こんな時にでも首相になりたいのですか。とすれば、権力の亡者でしかないですね。

色々批判はあるはずだ。しかし、当面は震災からの復興が何より第一、みんな、そのことには異論は無かろうから、今は一致協力し、目途が付いたところで、菅おろしなと、なんなりと大いにやられるがよかろう。

〔2011.4.15〕

有る手から零れる

養母がよく言っていた。「有る手から零れる」と。

お金も物も有るところにはあるものである。戦後の日本は最近までは貧富の差が少なくて、共産主義国家よりもずっと「共産社会」的な様子を呈していた。戦後の日本には、アメリカや、中国、ヨーロッパ、東南アジア諸国の大富豪に当たるような人はあんまり居なかった。一億総中流社会などとも言われた。それでも、自ずと貧富の差はあり、お金も物も自由に出来る人と、そうでもない人達に別れている。

貧富の差がある社会では、喜捨ということや、寄進ということなどを含め、「寄付」ということが一般的だ。貧者の一灯ということも勿論ある。金品に自由でない人でも喜んで施しをする人があるかと思えば、金持ちでも、出すことは、舌を出すのも嫌といった締まり屋が居る。だからお金が貯まるのだとも言うが、そうやって貯めて何になるのだろう。

最近立て続けに、「有る手」から零れる物を受け取った。お礼は勿論言った。しかし、こちらからそれに見合うようなお礼は出来ない。有り難く頂戴するほか無い。本当に有る手から零れるのだなぁと思った。

私も、学生にご馳走する機会があった。彼らは素直に食事に招かれ、素直にお礼を言った。あとで会ったときにも、年かさの学生は、改めて礼を言う。何回も礼を言われてはかえってきまりが悪いくらいだ。中には、その時には確かに礼を述べたが、翌日に会ったときには、丸で知らん顔のもいた。それでいいのかも知らない。決して、礼を言えというのではない。礼を言ってもらいたくてご馳走するのでもないから、それでいいのだが、何となく変な気持ちになることもある。

そういうことは、ひょっとすると、育った環境や、年齢ということも関係するのかも知れない。大人にはもう教えられない。小さな内にきちんと教育しておかなければ、他人の行為に対して、きちんと礼が言えず、後々気まずさが残ったり、不利を蒙ったりしないともかぎらない。その人の人間性にも依るだろうから、教育ばかりではないと思うが、教育はやはり必要だろう。その上で、その人間から醸し出される気持ちということが、その人を形作る大切な要素になるような気がする。

有る手から零れたのから思わず教育論議に発展してしまった。

〔2011.6.1〕

想定外（2）

「何事も想定外は便利だな」などという川柳が、新聞に出ていた。

何かあると、それは想定外だった、というようなことが多すぎる。今度の東日本大震災の津波被害などもその一つであり、想定外ということが如何に大変で大事なことかということが分かる。

事故には至らなくても、原発に関しても想定外ということがいっぱいあるだろう。

そういう「想定外」ということを聞くとそれではそういうことを言わなくても済むようにするにはどうしたらいいのか、ということを考えなくてはならないと思う。しかし、余りそれを聞かない。けれども、私は、大して難しいことではないように思う。専門家が決めるとそれでいいように思われるが、そこに落とし穴がある。専門家が決めなければいいのだ。専門家だけで決めなければいいのだ。

今までは、「専門家が決めたのだから、素人は黙っておれ」式のことが多かったのではなかろうか。専門家は、言葉は悪いが「専門バカ」という言葉が有るとおりである。何かを決める場合、効率は悪くなるけれども、訳の分からない人が、と言うと聞こえは悪いが、専門的なことは知らないが、理屈はちゃんと分かるという人達が加わる必要があると思う。事に依ったら、子供を加えて、大人から見たら奇想天外だと思えるようなことを言ってもらってもいい。

それでも、何か落とし穴があるかも知れない。国民全体に関わる何か決めたら、それを明示して、一定期間それに対して意見を聴取すべきである。何事も、明らかにすること、専門家でない人にもなるべく分かるように示すこと、そういうことが絶対に必要ではないか。

想定外などと言うことが、如何に、恥ずかしいことか、そんなことを言ったら、自分の識見が疑われるのだというほどの意識を是非持って欲しいものだ。「想定外だった」などと言った途端に、そのポストにはおれなくするということが必要に思う。

〔2011.8.27〕

もう頑張らなくてもいいのだよ

「総理さん頑張らずとももういいよ」という川柳、8月11日の中日新聞に載っていた。この作者の気持ちは知らない。しかし、この句に同感する人は多かろう。

昨日、8月26日、再生エネルギー発電買いとり法案、赤字国債発行に関する法案が成立したのを機に、兼ねての約束通りに、菅総理大臣が、民主党代表を退くことを正式に表明し、後継代表の選挙戦が始まった。このところ日本の首相は一年しか持たない。自分で辞めてしまった二人は論外、選挙で負けて辞めた麻生さん、普天間基地問題が何とも成らずに引責辞任した鳩山さん、それに続いてだ。

蝉は地中で十数年も過ごすが、地上に出てからは僅か10日くらいの寿命、それになぞらえてセミ首相などと揶揄されたりしている。この「セミ」には、「本物でない、半分の」といったニュアンスも込められているのだろう。私は、菅首相のシンパではない。しかし、あれだけの罵詈雑言の中よく持ちこたえたものと一面感心する。菅さんの所為で政治が停滞したという論調もあるが、納得できる説明は聞かない。ねじれ国会の中で、成立させることが困難な法律三本（特に赤字国債発行に関する法案）を粘りに粘り通過させた。政治に停滞を招いたというのであれば、これを四の五の言って中々通さない国会にも大きな責任があるようにも思う。菅さんはおくびにも出さないが、だれが後継になっても苦労するであろうことを泥をかぶって通してしまう覚悟だったのだろう。それは、多分見え見えだったろうが、それを通さず菅さんに居座られてもという思惑からこんな結果になったのだろうと私は勝手に忖度する。その点からご苦労様と言いたいし、もう頑張らなくてもいいのだよとねぎらいたい。こういう意見には、色々反論があろう事は想像できるが、私の偽らざる思いである。

辞めることを表明してから、動いている原発を止めたことを評価し、辞めるのが早かったなどという意見があったが、後の人達にも原発をどうするかははっきりして貰わなければいけない。

それに引き替え、随分と恥知らずなのが、小鳩さん達だ。もう退散したのかと思ったら、大きな顔で出ている。党員資格が無くてもいいのですね。自分の失敗でやめても後でゴチャゴチャ言うのですね。あきれ果てます。

こういう人達が幅を利かしているような民主党では国民の支持が得られるとは思えないのだが……。

〔2011.8.27〕

タイの洪水

今月初めの頃からだったろうか、或いはもっと前からか、タイでの大雨と洪水のことが連日ニュースになっている。雨季末期のタイでは、今月いっぱいはまだまだ大雨に成りやすい状況だという。遂に、昨日今日（10月22日）になって、首都バンコクにも洪水が迫り、既に浸水し始めている。多くの日本企業が操業できなくて困っていることが伝えられている。

こういう話を聞くと、日本の洪水被害とは様子が随分異なる。タイの地形がどうなのか知らない。恐らく、海抜数メートルか、或いは、ひょっとしたら、0メートル、更にマイナスの大地が広がっているのだろうか。

以前、ヨーロッパ大陸で、大河が氾濫し、多くの土地が洪水被害にあったことを思い出すが、よく似た状況なのだろう。鉄砲水とか、土砂崩れなど、急激な浸水こそ無いもののじわりじわりと水かさが増してきて、一面の水、綺麗な水ではないから、先ず、飲み水の確保に大変な様子である。津波のように一気には来ない、しかし、大潮も一緒になって長時間の水浸しは、そこで生活している人にとっては、言いようもなく大変なことだ。水ばっかりは、何ともしようがないのだ。無くても困るが、有りすぎても困るのだ。

そういうとき、北海道で、農業用水確保のために造ったダムに水が溜まらず、多くの歳月と資金を投じながら、全く役に立っていない様子が報じられた。北海道富良野地区でのことだ。全然水が無く、元のままのたたずまいがテレビ画面に出ていた。会計検査院は税金の無駄遣いだという。確かにそうなのだが、此処では、水が必要なのだ。一度は満水になったことがあるのに、その水が地中に吸い込まれてしまったという。プールなどでも、幾ら水を入れても一杯にならないなどということがあった。防水が十分でないのだ。ダムでの防水ということは大変だろうが、今までの400億円近い建設費を無駄にしないためにも、よくよく調べてまともに機能するようにして欲しいものである。水がないと困るのである。

〔2011.10.22〕

保護責任者遺棄

　こういう言葉をちょいちょい聞く。その度に奇妙な気持ちになる。文字通り受け取れば、保護責任のある人を遺棄してしまう事である。穏やかでないが、責任者を遺棄するとはその人を亡き者にしてしまうことか。

　自分の子供を養育するのは親としての当然の義務である。それをしないで、子供を怪我させたり、中には死なせてしまったりしたときに「保護責任者遺棄」の罪に問われるのである。

　少し前になるが、俳優の押尾何とかというのが、合成麻薬を関係のある女性と使い、その女性が、麻薬の所為で意識不明になったのに、麻薬使用の発覚を恐れてか、救急車も呼ばず自分で人工呼吸などをして死なせてしまったことが、裁判員裁判で裁かれた。そのときに、被告押尾某は「保護責任者遺棄」の罪に問われたのである。被告は無罪を主張した。専門家の鑑定で、救急車を呼んだとして助かる確率は五分五分くらいだということで、割合軽い罪で済んだけれども、どう考えても無罪ではあり得ない気がする。その麻薬が誰の物だったのかも問題だが、なんと言っても女性は死んでしまっている。

「保護責任」を十分果たさなかったことは事実だろう。だから、「保護責任遺棄」というなら分かる。

「保護責任者遺棄」というと、この被告の他に誰か「保護責任者」が居てそれを「遺棄」したのかと思う。法律の言葉には分からないことが多い。何かこれにもそれ相応の理屈はあるのだろうが、一般人に分かるような、納得のいくような言葉にして欲しいものだと思う。そんなに難しいことではない、「保護責任者としての責任遺棄」とでもして、その事実に合うような言いかたにすればいいのである。

〔2011.10.22〕

柿三個

しまったと思った。長らく無事だったのでつい油断した。又、賽銭泥にやられた。

以前、始終お地蔵様の賽銭を盗まれた。賽銭を盗まれるより、賽銭箱を壊されるのに手を焼いていた。鍵など掛けずにおけばいいのかも知れないが、わざわざ賽銭を供えられた方にとっては、やっぱり、それは、お地蔵様のために使わなければ済まないと思う。毎日賽銭を下ろしてくれれば被害は少なくて済むかも知れない。しかし、僅かと言っては申し訳ないが、そこまではやっていられない。しかし、何かの都合で、下ろしてくるのを忘れたり、怠っていたりしていたときに限ってやられたし、今度もそうだった。盗ろうとする人はプロなのだろう。プロにはそれが分かるのだろう。怠けてはいけないのだ。

今は毎日でなく、十日おきに下ろすことにしている。それが都合で下ろせなかった。その日も、夜遅くまで務めがあって、気にはなったが下ろせなかった。

明くる日、朝、戸を開けたとき賽銭箱が空いている。なに?と思ったら、中身が盗られていた。賽銭箱が壊されて。大変な力が要ったろうと思う。

家内に盗まれたと言ったら、「だから言ったでしょう」と。でも、「どうしても、時間がなかったし、夕べは疲れていたので」と言ったら、「柿を三個も食べている暇があったのに」と。

実は、その日、柿を買ってきた。もう、ダラダラになっているのもあった。それを食べ、又、他のも食べた。母親譲りで、柿は大好物。家内は食べない。かたきみたいなものだ。何も、柿を食べたから時間がなかったのではないけれども、この、言いぐさには呆れて物も言えなかった。〔2009.11.29〕

爪を磨く・袖を通す

両方とも決まり文句である。こういうのを「成句」というのであろう。

分かり切ったことのようにも思えるのだが、必ずしもそうではない。相撲を取るときに、爪が伸びているとお互いに危ない。相手にとっては一寸した凶器になるかも知れないし、寧ろ自分の方が危ないことがある。爪が長いと、何かの弾みで、ツメ全体が剥がれてしまい大変なことになりかねない。だから、爪は常にきちんと切っておかなければならない。そして、切っただけでは、色んな所に引っかかる。顔をひっかくかも知れない。だから、丁寧に切った跡をヤスリで擦っておかねばならない。つまり、「爪を磨いて」おかねばならない。「爪を磨く」は普通決まり文句としては、虎とか、ライオン、ヒョウ、或いは猫などが、獲物を捕るための用意として、武器の「爪」をとぎすませておくことを言う。全く同じ言葉の排列であるが、意味するところは相当違う。

ダルビッシュが大リーグレンジャーズと入団交渉をし、それが整い、入団会見をした。その時だったかどうか忘れたが、このストーブリーグ中、何度となく新しい球団のユニフォームに「袖を通し」てみせた、というような表現が見られた。一寸これを考えてみて欲しい。変ではないか。確かに「袖」に腕を通すけれども、「袖」をどこかに通すのではない。決して、この表現は特殊ではない。一度も着てないシャツや洋服を、未だ「袖も通し」てないという。「袖に腕を通す」の簡略化表現かも知れないが、そうとばかり決めつけることも、簡単にはできない。

前から変だと思っている表現に、「口が裂けても言えない」というのがある。口が裂ければ物も言えないだろうなどという屁理屈を言おうとしているのではない。「口を裂かれても…」と言えば理屈は通る。しかしそうは言わない。

今、咄嗟には思いつかないけれども、気をつけていると、変だなという表現には幾らでも出会う。「風呂を焚く」に始まり、「ご飯を炊く」「湯を沸かす」「茶を点てる」というような表現については、中国の詩「林間酒を温めて紅葉を焚く」など不合理な表現などと共に、既に色々論じられている。

〔2012.2.12〕

偽ヒーローの出現を防げ

ちょっと前のことだが、今の我々を取り巻く諸般の事情、政治状況から、経済の問題、自然災害、世相等諸々のことに関して、これからどうなるのだろうと漠然たる不安を小文として綴った(未公表)。最近、日本の政治状況に関して、同志社大学の浜矩子教授の「偽りの英雄は無用」(中日新聞2012.4.8) という文章に接して、その内の一つの問題に対して同様の危惧を抱かれていることを痛感した。浜氏はNHKの朝のビジネス展望などの時間に辛口の経済金融関係の評論をなさっている方で、ヨーロッパの金融危機に関しては、かなり悲観的な見方をしておられたことが、印象に残っている。

この文章で、浜氏は固有名詞は出していないが、誰を「偽りの英雄」に擬しているかはかなりはっきりしていると思う。少なくとも、私の中では今取りざたされているある人物に結びつく。氏は初めに新島襄の「一国を維持するには、決して二、三英雄の力に非ず、実に一国を組織する教育あり、智識あり、品行ある人民の力に拠らざる可からず、是等の人民は一国の良心とも謂ふ可き人々なり」という言葉を引いている。今の世の中に立派に通用する言葉であり、これからも指針とすべきものである。

日本の政治状況から来る一種の手詰まり感、閉塞感からやたら英雄待望論が漂い始めていることは否めない。国民を鼓舞し導くリーダーシップの欠如が喧伝され、期待される強いリーダーの装いをした「似非ヒーローたち」が頭角を現そうとしている。彼らは分かりやすい言葉で、人々の心を揺さぶる。現下の状況を作り出した人達を罵倒して人々に爽快感を与える。ここにかつてのファシズムの台頭を許したような状況の出現を恐れる（と言っても、私がそれを経験したのではないが、そんな雰囲気を感じるのである）。

浜氏が言われるとおり、それを防ぐのは民衆がその煽動に惑わされないことである。残念ながら私の乏しい経験の中でも全体の風潮に浮かされて、ただ名前が売れているだけの芸能人やそれに類する人達が総選挙や参議院選挙に立候補して当選したことがあった。その中でまともな人達は生き残ったが、ただ闇雲にブームに乗って当選したようなのは長続きしなかったのは幸いであった。しかし、そういうことが現にあったことも事実だから、油断は出来ない。

やはり地道なきちんとした教育により、まともな市民を養成することがいつの時代にも大切なのである。

〔2012.4.12〕

腰痛様へ

旅先のホテルでぎっくり腰になり、起き上がれなくなって救急車で病院へ、そして、痛み止めのせいでフラフラになりながらやっと帰ったという話が、中日新聞の「世談」というコラムに「ご同輩よ」という題で載っていた（2012.4.8朝刊）。同情を措く能わず、こんな手紙、出していいかなぁと思いながら書いて出した。

お気の毒様。大変なこと、よく分かります。私は持病とは思ってませんが、時々ぎっくり腰。同僚は、同情どころか、又やるよ、などと言い、むっとしたりしています。思いやりがない困った人だなと思っています。腰痛の多さ、原因不明ということもよく聞きます。

ここからが、ご忠告というか、私の治療法です。ちょっと聞いては貰えまいとは思いますが、記事を読んでしまって同情心が沸々と湧いてきてしまいましたので、申し上げます。繰り返して申しますが、多分聞いては貰えまいと思います。但し、私自身はこれで克服しています。最近のぎっくり腰は2月15日朝、16日は休みでしたが、17日には自転車で通勤しました。19日には好きな相撲の稽古もしました。不思議なくらい早く治りました。

私の治療法は、常に逆療法です。痛みに抗して動き、もっと痛めるのです。ある時、直ぐマッサージをして貰いましたら、治療しながら、直ぐ整形外科に行けと強く勧められました。仕方なく整形外科を受診しましたが、何の役にも立ちませんでした。二回ばかり行きましたが、どうにもなりません。結局自分の今まで通りのやり方で治しました。

平生は、腰が痛くても、自転車で通勤していますが、乗り始めこそ辛い思いはありますが、時間が経つとともに何ともなくなり、勤め先に付く頃には、ほぼ何ともなくなっております。やっぱり、無理しても動かさなくてはと思います。自転車は前屈みですので、腰が痛くても割合平気です。

これだけでは余り参考には成りませんが、簡単に言えば、痛くても無理して動かす以外無いと思います。本当に激痛が走り、大変ですが。簡単にお勧めできることではありませんが、私自身はこうしています。参考までに申し上げます。是非お試しあれと言いたいところですが、良かったらやってみて下さいとだけ申し上げます。

勿論、日頃の運動ということは絶対必要でしょうけれども。

〔2012.4.13〕

天候異変

「風薫る」は五月の枕詞である。「五月晴れ」などという言葉は、旧暦から、今の暦に変わってから、その意味するところが変わってしまった。以前は、梅雨時の晴れ間をさして「五月晴れ」と言っていたのだそうだ。それでも、爽やかで、暑くもなく寒くもない好天を意味するに違いはない。今日など暑くも寒くもなく、梅雨入り前の絶好の日和である。

今年は、今日まで、未だ最高気温30度以上の真夏日は一日もなく、その意味では総じて快適な陽気である。

今年は、遅くまで寒い日が有った。かと思うと一度に暑くなるということが繰り返された。五月になってから、日本各地で、突風や更にとんでもなく強烈な竜巻まで起こっている。このところの天気予報では盛んに積乱雲が発生して、ヒンヤリした風が吹いたり、黒い雲が出てきたら、出来るだけ頑丈な建物に避難するようになどということが言われている。

この原因としては、上空に寒気が入り込み、地上の温度との差が40度以上になると、大気が不安定になり、雷や突風、雹などという激しい気象現象が起こるというように解説されている。日本全国でそれが現実に起きている。幸い、当地はにわか雨程度はあったが、大体穏やかにすんでいて、誠に有りがたいことである。

この天候を齎《もたら》す寒気の南下はいつもの年はない。今年は、それがある。上空の偏西風が、大きく蛇行して寒気の南下を許しているのだそうだ。一方では、太平洋上に発生した台風、天気図だけ見ていれば、素人には、今にも西日本から東海地方を襲うのではないかと思うのだが、この偏西風に乗って、どんどん東に流されて、小笠原諸島に影響が出た程度で済んだ。何がいいやら分からない。

自然の営みは人智で推し量れないことがある。この夏は猛暑になるのか、それほどでもないのか、今、日本は原発の停止によって、夏の電力事情が大いに気になるところであるが、工夫して、原発なしで済ますようにしていきたいものだ。

〔2012.5.31〕

顔が見えない

不思議に思うのだが、道を歩いていても、すれ違う人の顔が見えないと、何となく不安に思える。皆さんどうなのだろう。この二、三年特に気になるのがある。帽子の庇の部分がばかでかく黒い大きなツバ、それが顔を覆い隠してしまう。自分は、サングラス式に黒いツバを通して外が見えるのだろうが、他からは、ツバだけが見えてのっぺらぼう、それを着けているご本人、果たして自分の様子を観察したことがあるのだろうか。知ってててやっているのだろうか。それとも、かっこいいと思っているのか、それとも、私が嫌だなと思うのが変なのか。このごろずーっと気になっている。こういうのっぺらぼうとすれ違うと気持ちが悪い。

これとは違うけれども、テレビで、個人の特定が不都合な場合なのだろう、首から下だけしか写さないとか、顔の部分にはモザイクを懸けてぼやかしたりしていることが、最近は頻繁である。不都合だからそうするのは分からないわけではないが、私には大変不愉快である。

宗教的理由から、顔を隠す必要がある社会がある。顔を隠さなければならない人も好きこのんでやっているのではないから仕方ないかも知れない。幸い、自分の近辺にそういう人はいない。フランスなどで、それを公共の場所で禁止して、悶着があったということを聞いた。その後どうなったのだろう。

人に危害を加えるのではないからいいようなものの、最近読んでいた今昔物語集の中で、平安時代のことだが、公達を装った一群が先払いをして通行人たちを平伏させた。ところが、その公達と言って行列を作っていたのは、盗賊の一団だった。平伏している連中の持ち物から衣服まで剥ぎ取ってしまったという。一寸反対みたいだが、顔を隠されると、こういう事も起こる。

公共の場所では、素顔を見せて欲しいと思う。

〔2012.6.17〕

発言の権利

2012年7月16日に書いているのだが、この数日来これに関わるニュースが多い。政府が、発電量に占める原子力発電の割合について、国民の意見を直接聞く意見聴取会で、電力会社の社員が発言をし、その場でも、その後でも問題視されていることである。

15日には仙台市で開かれた意見聴取会で東北電力社員が発言者に選ばれていたのが、公平性の確保と、運営方法が問題視されていた中で、16日には名古屋で中電社員で原子力部の課長が発言したことが、大きく取り上げられている。中日新聞では「中電課長が原発推進発言」「『やらせ』批判の声も」と一面トップの扱い。社会面でも大きく取り上げられている。発言の中には、「一般に原発のリスクが過大評価されている」と言った内容が、テレビなどでも報道されていた。また、参加していた人達の中から「何で、電力会社社員がしゃべる?」と疑問の声も上がったという。ただ、発言者は無作為に選んでいるので、電力会社の社員だからといって勝手に排除は出来なかったと、運営に携わる人のコメントもあった。

その後、政府でも、この問題について色々議論して、電力会社関係者はたとい選ばれても発言させないという方針を出した。

この一連のことは、未だ決着は付いていないと思うが、色々考えさせられた。

本当に電力会社の社員は発言する権利はないのだろうか。多分原発の比率を0％にするのには賛成しまいとは思う。国民全体を見ても、種々様々。今、一方では原発廃止の動きも大きく、同日の紙面に「さよなら原発17万人」「最大規模　熱いうねり」と見出しが付いた記事もあった。賛成をするにも、種々の立場があろう。きちんとした根拠での発言が期待できる専門の電力会社社員の発言は、雰囲気からの賛成、反対する人達のよりもひょっとすると参考になり、貴重かも知れない。ただ、この中電社員の発言という「リスクを過大視している」というのは頂けない。こんな意識かということが分かるのだけでもいいかもしれないが。とにかく、一旦、事故が起こったら、取り返しが付かないということはもう身に染みているはずだ。使用済みの核燃料の始末さえまともには出来ていない。こんな状況で、リスク云々の発言は寧ろ、反対する人達の格好の標的になろう。

しかし、私が言いたいのは、日本という民主主義の国（と思っているのだが）で、職業や地位、身分によって発言が封ぜられるということはやはり問題だと思う。平等に選ばれる権利は保障されなければならない。私はそう思うのだが。

確かに事によりケリだろうけれども、そう言っているとどんどん恣意的になり、次々色んな条件が付けられたりして、平等な権利が阻害されるような気がして成らない。

〔2012.7.18〕

竹島・尖閣・北方領土

今年は、殊の外この島々に関しての領有権の問題が、騒がしい。先刻、皆さんも御承知の通りである。

竹島問題は韓国との間に横たわる棘だ。かつて、韓国の朴正熙大統領は日韓基本条約を結ぶに際して、この島の帰属が妨げになってはと、その爆破を考えたという。その島に今の李明博大統領が上陸して、韓国の物だと息巻いた。それで韓国の世論は大統領を支持したという。日本政府は冷静に話しあおうと野田首相が親書を送ったところ、それを突き返してきた。その経過が子供じみている。日本の外務省は返しに来た韓国大使館の係員を立ち入らせなかった。それで、韓国は郵便で返した。韓国はこの領有権を問題にすること自体を嫌っているということだ。こういうとき、決まって言われるのは「歴史的にも国際法的にも自国の領土だ」という言い方である。そう言われるとうっかり者はそうかと思ってしまうが、そのように決まっていることなど何もないのだ。全てその時の力関係で決まる。

尖閣諸島に関しては、石原都知事が、地権者から購入しようとしたことから騒ぎが始まった。前から、中国漁船や中国政府の艦船が度々この近くにやって来てちょっかいを出していたことが報道されている。それに業を煮やしたのだろう。そのことが報道されるや、中国は猛反発、反日デモ頻発等色々のことがあったが、日本大使の乗った車の走行を妨害し、停車させ、国旗を奪うというような事件まで起きた。中国政府も、その犯人は捕まえたけれども、軽犯罪法違反で釈放し、犯人は英雄扱い、国旗は捨てたと言って返さない、こういう事を日本で中国大使にしたら、中国政府はどう対応するだろうか。

大人げないというか、こういう領土問題は国民感情を異常にさせる要素がある。デモをしている人達に聞きたい。島の帰属がその人達の生活にどう影響するのかと。資源のことを答えるだろうが、その、海底資源こそは、お互い共同して使用すべき物であって、決して独り占めしていい物ではなかろう。欲と欲とのぶつかり合い、よくよく考えて欲しい物だ。

北方領土のように、住んでいた人が、追い払われた場合は一寸違うところがある。もう、60年以上も経ってしまった。今までに、何回も解決するチャンスがあったのだと言われるが、その都度、欲を出しすぎて纏まらなかった経緯があるようだ。元島民のためにも、うまい解決策を見つけ出して欲しいと願う。

〔2012.9.11〕

更にこの数日、反日デモが激しくなり、略奪や焼き討ち等、容易ならざる様子。色々な交流事業が中止になっている。馬鹿げた話ではないか。これによって誰か、何かを得ることがあるのだろうか。

〔2012.9.18〕

張成沢氏失脚粛清

僅か数日間の出来事だった。失脚のニュースが韓国から流れ、やがて北朝鮮が報道、直ぐ特別軍事裁判、そこで死刑判決、即日処刑執行。

ネットのニュースに依れば、死刑は機関銃弾が90発も打ち込まれ遺体はバラバラになったという。そして、反逆者には埋葬する土地はないというので、バズーカ砲で遺体を粉砕、火炎放射器で焼いたという。殺された方にとっては、死んだ後のことはどうなっても一向自分は分からないからいいとは言え、関係者にとっては心痛むことだと思う。然も、そんなことはおくびにも出せない。妻は、その後も平然と公開の場所に姿を現しているが、消息通に依れば、夫婦仲は極めて険悪だったという。ただ、それは、後から聞く話である。

失脚から処刑までのスピーディーさは北朝鮮に拉致された人々に関する調査などの超ゆっくりなのと何たる落差か。

我々の若い頃もう数十年という単位で昔の話だが、スターリン後のソ連の権力者達が次々粛清され、銃殺刑に処せられたということを聞いたが、今回の如き凄まじさは初めて。

処刑された張氏は今の金正恩体制を整えた功績者だと言われている。それを鼻に掛けて、若干驕っていたこともあるやに言われている。トップにとっては、そういうナンバー2は煙たいのだろう。そこが物事を弁えぬ我儘権力者なのだろう。今、一生懸命体制が揺らいでいないことを見せつけようとしているが、心の中は、次は我が身という畏れがあるのかも知れないし、有って当然だろう。

それにしても、日本の隣人達には、なかなか付き合いにくい人達が多いようである。〔2013.12.16〕

橋下劇場

大阪市立桜宮高校バスケット部のキャプテンが監督の教師の体罰を苦に自殺した事件。自殺にまで追いやられた生徒の無念、その両親の悲しみはいかばかりか、想像も出来ない。この事件を切っ掛けに、色々な所から、体罰の問題が浮かび上がってきている。先には、いじめを苦に自殺した生徒も居た。

小、中、高生といった、これから前途洋々の子供達が自ら命を絶つなどということは、言いようもない悲惨で悲しいことだ。幾らでも、それについて論評することは出来るけれども、なんと言っても仕方がない。掛け替えのない命があっけなく失われてしまうということは、色々な意味で大きな損失である。

なぜ、それが救えなかったのか、あとから色々言われるが正に後の祭り、再発防止策が言われるけれども一向効き目はない。

最初の話に戻るが、この件を切っ掛けに、体育科の生徒募集を停止すると橋下市長は言いだした。それより一寸前、田中真紀子文部科学大臣が大学新設の認可をしないと言ったときの騒動と似ている。大学認可のことは、その後の経緯から、寧ろプラスの方向に向いた。今回の募集停止は、それを目指していた生徒の将来を突然閉ざしてしまうような振る舞いだ。この体罰に関して、どんな言い方をしたのかはっきり覚えはないが、そのことを橋下市長は大阪の恥だと言ったという。それを、桜宮高校の生徒達は、自分たちが大阪の恥だと言われたように受け取ったらしく、何故自分たちが、大阪の恥なのかと反発したという。尤もな話だ。

高校の入試は目前に迫っている。受験生のことはおかまい無しに、トップダウンでこんな事を決められては堪らない。教育委員会は、看板だけを掛け替えて、中身はそっくりそのままにしようとしているという。そのゴマカシ方も、一面分からないではないが、やはり、受験する生徒達のことを考えれば、はっきり、市長のやり方が間違っているということを言うべきである。それが分からないような市長ならば、見捨てるほか無い。教育の場に、政治がこんな形で介入することは、橋下氏にとっては、大衆受けをねらった一種のパフォーマンスかも知れないが、それによって人生を狂わされる者にはとんだ迷惑である。

これが分からない人なのだろうか。

〔2013.2.8〕

大鵬

今年の初場所の最中にかつての名横綱大鵬の訃が伝えられた。21歳3ヶ月での横綱昇進の記録は、後に、北の湖が21歳2ヶ月で横綱になり、破られはしたが、32回の優勝は史上第一位、千代の富士が31回と続くが、未だ破られていない。白鵬がもう23回優勝しているから、彼が越えるかも知れない。全盛時代の白鵬を見ていると越えそうに思えるが、去年、今年の白鵬は衰えたとは言えないが、かつての人を寄せ付けない強さは影を潜めたように思う。記録は破られるものだが、大鵬の記録は未だ暫く輝き続けるだろう。

私は、大鵬と同じ歳、お負けに生まれは、僅かに私の方が10日早いだけ。何の自慢にも成らないが、王貞治さんも同級である。王さんはジャック・ニクラウスと同級だと言っていたから、私も同級である。

だから、大鵬の横綱時代は、私の高校生・大学生の頃に重なる。当時言われたのが「巨人・大鵬・卵焼き」であることはもう随分報道されている。当時の人気は今からは一寸想像できない。柏戸と同時に横綱になって、柏鵬時代と言われ、玄人筋には柏戸が人気だったが、一般のファンには大鵬の人気は絶大だった。整った顔立ち、すらりとした上背、安心してみていられる相撲の強さがそろっての人気だった。

生い立ちなどを聞くと、大鵬の苦労の程はよく分かる。入門時には70kgしかなかったという。努力の結果であった。その大鵬が引退した後、大鵬部屋を開いたが、100人もの入門希望者が居た。今、どんどん相撲部屋が減っており、又、新弟子として入門する力士も少なくなった。日本の国技と言われるのに、長らく、日本人横綱は居ない。この数年、賭博や麻薬の使用など不祥事が続いた。以前のような人気は今はない。その中で、角界のことを心配しながら大横綱は世を去った。上手く言えない寂しさがある。

政府は、今日になって国民栄誉賞を亡くなった大鵬に授与した。遅きに失したというほかない。

〔2013.2.15〕

メールボックス

私は、この3月末を以て、勤めていた大学を定年で退職した。3月30日が土曜日、31日が日曜日ということもあったのだろう、29日に出勤したときには私のメールボックスがすでに撤去されていて、もう、無かった。

よく人に長年勤めていた大学を退職することに対して淋しくないかと聞かれた。でも、特別淋しいという感慨はなかった。その理由を言うと憎まれ口になるので控えるが、とにかく、退職すること自体、もう、授業をすることがないということ自体に対しては不思議に淋しさを感じることはなかったのは事実である。

部屋の鍵や、身分証などを返却するのは当たり前のこととして、ほとんど事務的に済ませた。しかし、考えてみれば至極当然なことなのであるが、メールボックスが在籍中に無くなっていたということに対しては言いようのない淋しさというかむなしさを覚えた。

これは一寸不思議であった。何故だろうかと考えてみた。本当のところは分からないけれども、自分の居場所が無くなるということと関わりがあるように思える。相変わらず、日曜日には相撲を取りに勤めていた大学まで出掛ける。しかし、ちょっと自分の研究室によって、物を取ってくるとか、置いてくるとかということが出来なくなった。おまけに、日曜日には、セキュリティーの関係で、身分証がないと校舎の中にも入れなくなった。特に用事があるわけではないから、どうでもいいことだが、自分の居場所がないということ、言わば、「余所者」ということが、むなしさの原因なのかも知れないと思う。

悪いことをして、自分の住んでいたところから追い出されるとか、不法滞在で国外退去を求められるとか、あるいは、昔は、所払いなどと言うことが有ったと聞く。居場所が無くなるのは辛いことだ。東日本大震災で、住んでいたところに住めなくなった人達の辛さが思い知られる。特に、原発事故で、家があっても住めない人達の無念が身に染みる。原発がある以上、事故があったときのための色々の対策が練られているが、一時的避難ならともかく、何時帰れるのか分からないような、こんな事まで想定しながら、原発を維持しなければならないとは私にはどうしても思えない。

思わぬ方に話が逸れたが、居場所が無くなるのは辛いことだ、淋しいことだ。

〔2013.4.15〕

何が狙いか、北朝鮮

このところずっと北朝鮮の日米韓に対する威嚇、脅迫、直ぐにもワシントンを火の海にするだの、日本の警戒を嘲笑って、一瞬たりとも変な動きを見せれば、後はどうなるか見ておれだの、ピョンヤン市内の外国公館に、安全の保障が出来ないの、韓国滞在の外国人に早く韓国外に退去しろだの言いたい放題だ。

4月10日が、キムジョンウン第一書記の就任一周年だから、この日に中距離或いは複数のミサイル発射をするだろうと憶測されていた。10日には幸い発射はなかった。15日が、故キムイルソン氏の生誕祭、太陽節だからその間にという観測もあったが、未だ発射はされていない。しかし、発射の準備は整っているだろうという。まだまだ米韓合同の軍事演習が行われていて、北朝鮮は神経を尖らせている。今月中は要注意だと言われている。

それにしても、最近の、北朝鮮の言動は質量共に常軌を逸している。こういう、言葉の威嚇については、一体どういう対応があるのだろう。人によっては、何も実力はないのだから、言わせておけばいいと言う（中国は、軍事報告で名指しで日本を非難しているが、それも、同じ事なのだろうか）。若し、実力を伴っていれば、深刻な脅威である。現に中国も、北朝鮮も核兵器を持ち、大陸間弾道ミサイルも持っている。北朝鮮を口だけだからと言って放置も出来まい。

しかし、韓国ソウルに帰るという学生に、心配だろうなぁと言ったら、そんなことは一々心配しておれない、丁度、日本人が、東海沖地震、南海トラフ地震の脅威が喋々されていても、日々の生活には特に何もせず、平気なのと同じ事だという。ソウル郊外からは、河一つ隔てて、北朝鮮が見える。キムジョンウン第一書記が、おつきを従え、望遠鏡を覗き、地図を見て、何かを指図している姿が時折報道される。その反対側はソウルなのだ。心配でないことはないはずだが、口だけだ、狼少年と一緒だと思っているから、平気でいられるらしい。

本当に彼らは何を狙っているのか、脅して何かをせしめようとしても、もう、通用しまい。北朝鮮にとっては何の利益もないことである。世界にとっても全く何にも成らないことである。〔2013.4.18〕

～ちゃんさん・～くんさん

この頃のラジオ放送もテレビも、視聴者との双方向のものが多くなった。番組中に視聴者が、メールを送ったり、ツイートしたり、それを放送している人（これを、以前はアナウンサーと言えばよかったが、この頃は、パーソナリティーとか、アンカーとかディレクターとか色々な呼び方をしている。どれがどういう役割の人を言うのか私にははっきり分からない）が、「くまちゃんさんから…」とか、「トッくんさんから…」などと言う。私にはどうも耳障りだが、どの放送でも同じ事。「くまちゃん」「トッくん」ではいけないのだろうか。本人が「くまちゃん」と言っているときにはもう本人が、自分を敬称付き（?）で言っているのだから、更に「さん」を付ける事はあるまいと思うのだが、どうなんだろう。この頃は、多くのところで丁寧に「～さま」という。さすがに「くまちゃんさま」「トッくんさま」とまでは言わないけれども。

以前、これと逆のことがあった。落語家に「柳家小さん」と言う名前の師匠が居た。もう故人に成られたようであるが、小さん師匠がぼやいていたのを聞いた。「俺のことを小さん、小さんと呼び捨てにしゃがる」と。そう言っている人は、「小さん」の「さん」が敬称だと思い、呼び捨てたつもりではなかったのだろう。「アグネスチャン」という歌手も紛らわしかった。こういう場合は、「小さんさん」「アグネスチャンさん」と言わなければいけない。

尤も、「小さん」師匠の場合は、大抵、「小さん師匠」と言うし、アグネスチャンさんの場合は、「アグネスさん」などと略して言うことが多いようだ。こういう事も時にはあるが、どうも、重複の方は聞きにくい。

〔2013.5.7〕

回数券

色んな回数券がある。以前は市電やバスの回数券くらいに限られていたが、今は本当に多種多様のものがある。

市電市バスの回数券は、10回分の料金で、11回乗れるというのが普通だった。今の回数券は、一回一回払うのが面倒なので、前もって払うというのがかなりある。或いは、何回分が幾らというういわゆる前売り切符のような回数券が多く見られる。特別割引があるようでもないのも有るし、割引になっているのもある。

その度毎に払うのが面倒なのと、多少の割引があるというので、回数券を買うということになる。ところが、私はこの回数券を買って却って度々損をする。整体の回数券を買った（買わされたのかも知れない、どうだったかも忘れた）。暫く行かずにいて、行ってみたらその店がもう無い。ビルの中にあったので、管理人に聞いたが、何処に行ったか分からないという。これは相当な額を損した。一種の詐欺みたいなものだと感じた。

公共の施設でも油断成らない。スポーツセンターのことだ。利用券が回数券になっている。相当日時が経っていたので、電話で都合を聞いたら、もうその施設は閉鎖したという。回数券も、これこれの日までは払い戻しをしていたが、その期間も過ぎたとのこと、当方にも落ち度があるので、強くは責められない。前述の整体に比べれば、損害は小さいけれども、やっぱり損害に違いない。塵も積もれば山である。こういう人はどのくらい居るのだろうか。

市電市バスの回数券などは少額だから、大して気には成らなかったけれども、考えてみると随分無駄をしてきた。

こういう先払いのではない、いわゆるポイントなるものもかなりある。私はこういうのが苦手だ。大抵、券をもてあましてしまう。この頃はポイントカードに何点などと記される。ところがその使い方が分からない。結局、宝の(大した宝でもないが)持ち腐れだ。電話料金などについても、コンピュータ上に今お前のポイントはこれだけだが、何時まで有効だとある。それを何かに交換しようとするのだが、欲しい物が見つからないのはともかく、ややこしくて結局うまくいったためしがない。我々のような不器用な者には情けないが全く無用だ。

〔2013.5.7〕

参議院ネジレ解消

7月21日行われた参議院選挙で、自民党・公明党が圧勝し、今まで6年間続いた衆参のネジレ現象が解消した。与党は、ネジレ解消を大きな目標にしてきたので、してやったりの表情。民主党の壊滅的敗北は昨年の衆議院選挙から引き続いている。いわゆる二大政党制もすっかり影を潜めてしまった。自民党内は、あることに関して、賛成から反対まで幅広い意見の持ち主が居るのに、野党はと言えば、一寸の違いで袂を分かって別の党を作る。これでは、与党に対して勝ち目はない。私自身の思いでは、何よりも大事な憲法に対する考え方が、基本的な分かれ目だと思うけれども、今の与野党は見ていて誠に複雑である。今回は、原発に対する方針も大きな争点だったはずだが、これも曖昧。この点だけから言えば、国民世論の過半数が反対なのだが、自民党はそうではない。自民党は、原発政策も是認されたと強弁しかねない。目先の利益から、原発再稼働と言っている人達もかなり居るが、事故に対する安全対策がいかに完璧でも、使用済み核燃料の安全な始末が出来る技術の確立までは（絶対に出来ないとは言わないが、簡単な事ではなかろう）、おいそれと再稼働に賛成はしかねる。余り、この点が論議の対象になっていないのが気懸かりだ。

ＴＰＰの問題は、第一にはっきりした賛否が各政党で余り明確でなかった。個人個人で違っている。

明日からようやく論議に加われるということであるが、個別に利害が絡み合い、今年中に妥結を目指すと言うが、日本は遅れた分を回復できるのだろうか。恐らく厖大な資料があるが、交渉に加わらない内は、それを知ることも出来なかったのだから、衝に当たる人達の苦労が思いやられる。

外交政策、このところ安倍内閣の歴史認識のことが盛んに云々されるが、問題を整理して示して欲しいが、それも有耶無耶である。

全て、経済対策、景気対策ばかりが取り上げられ、昨年来の株高、円安で浮かれて居るみたいだ。乗ったタクシーの運転手、持っている株が高くなってウハウハだった。未だ、給料には反映していないと言うし、生活物資の高騰が起こりかけている。お負けに、年金は秋から引き下げられる。社会保障や、財政再建のことは等閑に出来ないはずだが、どこかにかすんでしまったように見える。

ネジレ解消で、法案がスムーズに成立するから、これからだというかも知れないが、法案の中身が示されないのは困る。ネジレが無くなり、衆議院で通ったものが、するすると通るようになれば又、参議院不要論が浮かび上がってこよう。

昔、良識の府と言われ、その象徴的存在だった「緑風会」を真似た「みどりの風」は消滅してしまった。「みどりの風」が良識の府の象徴だったかどうかは分からないが、とにかく、完全な衆議院のコピーに成ってしまったように思う。参議院をどうするかが最大の問題として浮かび上がってきたように思う。ネジレが無くなり、参議院に存在意義そのものが問われる事になったように思う。〔2013.7.22〕

良いインフレ？

6月の全国消費者物価指数が前年同月比0.4％上昇し、一年二ヶ月ぶりにプラスになったと報道された。ただ、この物価上昇は円安や原油価格高騰といったコスト上昇が要因である。そして、二年後に前年比2％上昇の目標達成は依然難しいとされていた。

この報道を見ると如何にも物価上昇が望まれるものであるように見える。その実、上がったのは、ガソリン代や食費である。僅かにプラス面として上げられているのは、寿司など高級なものが売れている、ファストフードなどでは、値上げが進み、高額商品も売れているという。

つまり、賃金が上昇して、その結果購買力が増すというようなことは起こっていない。この成長戦略によって企業の競争力や国内投資が増して「良い物価上昇」は起こっていないという分析である。

これを読んで強い違和感を覚えるのは私だけだろうか。

そもそも「良い物価上昇」とは何か、記事をよく読んでみると、一応、賃金上昇により購買力が増した結果の物価上昇を指すように思える。しかし、それがいい事なのかについては、依然納得が出来ない。経済学者達が、そういう物価上昇がなければデフレが続くというのは、何とか理解できるけれども、年金生活者にとっては、上昇どころか、年金の減少が決まっている。生活保護費も削減された。そういう人達にとって、「良いインフレ」というような事がありうるのだろうか。

当然なのかも知れないが、それは全て資本主義の根幹にある企業の側からの視点であって、生活者の側から見たものではないし、まして、生産活動にタッチすることの少ない老齢者、年金生活者は無視されているとしか思えない。

世界のほとんどの主要国で多くゼロ金利である（ひょっとするとイスラムの教えが浸透しているのかも知れないなどと思ってしまうが、表面的に一致しているに過ぎまい）。若い内に勤倹実直に勤め、或る程度の財をなし、利息で生活しようと思っていた人はアウトである。そういう資産家も、マネーゲームに参加して酷い目にあうのが関の山である。

むつかしい世の中である。

〔2013.8.1〕

命名権

この頃、野球場、横断歩道橋、公共施設などに、第三者がお金を出し、宣伝を兼ねて自分の好きな名前を付けることが行われることが多くなった。

以前、公共施設等はその名前を聞けば大抵はどこにあるのか見当が付いた。地名を主とした名前だったからだが、最近はそうはいかない。例えば、（固有名を出して申し訳ないが）「日本特殊陶業市民会館」と言われても一体どこやら、余程関係のある人しか分からないだろう。ここは、一寸前までは「中京大学市民会館」と言っていたように思う。その使用権が切れたのだろう。そのように命名して何らかのメリットがあったのかも知れないが、払った金額に対して、利益が少なかったのだろう。そうでなければ、そのまま続けるだろうと思う。市民には、もっと前の「金山体育館」なら誰でも大抵は分かった。その方が便利だったが、設置者は、背に腹は替えられなかったのだろう。

野球場も「名古屋ドーム」とか「東京ドーム」なら分かるが「京セラドーム」と言われると、馴れない者は「はて？一体どこ」となる。

歩道橋には一体何？と思うような名前が書いてある。歩道橋を一々名前をさして呼ぶこともあまりなかろうから、これはご愛敬だ。

最近、近所で私のよく通るところ、暫く工事中だったが、覆っていた外枠が外された。何の工事か分からなかったが、ホテルの新設だったことを知った。それを見るとローマ字で、ROYAL PARK HOTEL云々とある。名前を付けるのは自由とは言うものの、何とも大げさな名前、何でもROYALと付ければいいというものでもなかろうし、PARKという言葉からは、私は公園や広場を思いおこす。駐車場と思う人もいるかも知れないけれども。その実、そこは、広さはどれくらいあるかしら、せいぜい縦横が10メートルちょっとと30メートルほどだろう。近所に空き地など少しもない。私の知る言葉の感覚からは丸で遠い。

お金を出しての命名権売買とは違うけれども、こういう名前では、余所から来る人が、未だ見ないうちはいいにして、近くまで来てもそれらしき物は見えず、そこだと言われたとき、何と思うだろうか。そんなことはどうでもいいのだろうか。此は言葉の濫用のように思うが、こんな、言葉の意味にこだわる方が馬鹿か。

〔2013.9.8〕

大島の災害

台風26号では、伊豆大島に大変な雨が降り、大きな災害が起きた。それをめぐって、あとから色々避難情報のことなどが取りざたされている。

とにかく大変な雨だった。一日で824ミリの雨、実感が湧かないけれども、こういう事である。標準的な畳一畳に、一升瓶の水を流すとする。そうすると計算上は丁度1ミリの雨に等しくなる。そうすると、824ミリとなると、畳一畳の上に824本の一升瓶の水を零したことになる。こういう雨が降るとどうなるか、一寸想像しにくい。十数年前の東海豪雨の時ですら、682ミリだった。

今度の大島の場合、火山灰地の上に木が生えている。その木諸共に流れ落ちてしまったのだ。あんな大きな木が生えているところが雨が降ったくらいで木と一緒に崩れ落ちてくるなどとは、普通ではなかなか想像しにくいだろう。

起きてしまってからは、何でも言える。土砂災害の起こったところは、熔岩層の上に、火山灰が積もって出来ていて、その火山灰地は普通の雨なら雨を良く通してしまうが、あまりの量に耐えかねて熔岩層の上を生えている木と一緒に滑り落ちてしまったのだと言う。そのように、学者や専門家達は言う。しかし、その前にそうなる危険の逼迫性について言われていたのだろうか。その危険性が前もって言われていたのなら、尋常でなかった雨なのだから、当然、大島町当局も、住民自身も避難したと思うし避難勧告も出されていたと思う。避難しなかったことや、避難勧告をしなかったことを責めることは出来まいと思われる。こういう地形に住んでいる人達が、今後の参考にすること以外に、今回の災害を生かす方法はないと思う。

それにしても、今回のことを含めて最近の異常気象、一体何が原因なのだろうか。地球の営み自体の問題かも知れない。よく言われている地球温暖化が影響しているのかも知れない。二年前の東日本大震災の前後から、日本でも種々の天災地変が起きている。未だに、かなり大きな地震も頻繁に起きている。地震と台風とは直接は関係なかろうと思うが、不気味である。世界的に大雨と干魃が起きている。我々人間の営みによるものであるとすれば、少々の経済的利害を超えて人間が、その償いとしてそれを慎む必要がある。

現在、一向に、地球温暖化ガスの排出規制についても世界的な合意には至りそうにない。未だに四の五の言ってごねているところがあるが、先頃その専門家達ははっきり温暖化の影響を指摘し、今、それを規制しなければ地球の温暖化が加速度的に進むことを警告したばかりである。個々人で出来ることは少ない。何をおいても、政治家の自覚とリーダーシップが求められる。今、そういう動きが殆ど感じられないのは、一体何故なのだろう。報道されていないだけなら幸いである。経済のことばかり言っているときではなかろう。経済も、健康でまともな地球有ってのことである。〔2013.10.18〕

靖国神社参拝

靖国神社の秋の例大祭の時期になって、またぞろ安倍内閣の閣僚が参拝したのどうのと喧しくなっている。例によって中国は報道官が口汚く罵っている。参拝した大臣は、心の問題であり、外交問題にする方がおかしい、自分の肉親も祀られているから参拝するのだと。安倍総理大臣自身、自ら参拝することは外交上の損失が大きいと、参拝を控えてはいるが、国のために死んだ人を敬い参拝するのは当然だと言っている。

抑も、この参拝が問題になり始めたのはそんなに古いことではない。歴史を直視しろと韓国や中国は言う。そのことはお互い確かに必要なことである。少し調べてみた。

靖国神社の前身である東京招魂社は、大村益次郎の発案のもと明治天皇の命により、戊辰戦争の戦死者を祀るために１８６９年（明治2年）に創建された。後に、国内の戦乱に殉じた人達を合わせ祀るようになる。１８７７年（明治10年）の西南戦争後は、日本国を守護するために亡くなった戦没者を慰霊追悼・顕彰するための、施設及びシンボルとなっている。

国に殉じた先人に、国民の代表者が感謝し、平和を誓うのは当然のことだという意見に対して、太平洋戦争の本質について日本の侵略だったのか自衛だったのかといった歴史認識、日本軍が送られた近隣諸国への配慮から政治家の参拝を問題視する意見もある。終戦の日である8月15日の参拝は太平洋戦争の戦没者を顕彰する意味合いが強まり、特に議論が大きくなっている。

ただこれに対して、外国からとやかく言われるようになったのは、1985年に中曽根総理大臣が参拝し、それに先だって、朝日新聞が靖国問題の特集を組んだことから、中国政府が史上初めて公式に靖国参拝を非難し始めたのであった。それ以前、A級戦犯が合祀されてからも、特に非難されることはなかったのだ。その意味で朝日新聞が非難の火種を提供したと言えなくもない。

このことを毎年のように取り上げ、大きな問題とされていることに対して、マスコミの報道もその気分を増長しているとは思うが、一国民としては、大いなる違和感を持つ。特に、肉親が祭祀されている人々にとってはどんな気持ちだろう。

尤も、外交問題になるから参拝を控えようという政府要人の配慮もある。そうすると、寧ろ批判する人々は批判の矛先を向ける所が無くなって困惑するのではないだろうか。批判の為の批判は止めなければ成らない。反省すべき事もないわけではないが、人に言われてするようなことではない。この批判は一種のガス抜きであり、日本に対する敵愾心《てきがい》の表れでもあるのだろう。我々としてはこの例大祭も他の神社のお祭りのように静かに迎えたいものだと思う。

〔2013.10.19〕

秋がない

今年の天候不順については言い尽くされた感もある。私は、一言、「秋が亡くなっちゃった」と言っておきたい。

以前、大陸性気候では、殆ど夏と冬しか無くて、日本の春や秋のような気候はあってもほんの僅かだと聞いていた。今年の日本の気候、春のことはもう忘れてしまったが、秋は、明らかに無くなってしまった。「あきない」のは、商人にとって大事なことだ、とは聞くが。

それはともかくとして、今年の夏は、台風が過ぎ去っても一向涼しくなりもせず、台風一過の晴天もなかった。ところが、26号、この10月15日から16日に日本の南岸をぬうように進んだ、あの台風。伊豆大島に甚大な被害もたらしたあの台風、この台風は、大雨大風のほかに、寒気も呼び込んだ。北海道では一か月も早い雪、紅葉を飛び越えて雪景色になってしまった。名古屋でも朝晩の冷え込みは、急激だった。扇風機が未だ出してあるのに、ストーブが欲しくなった。寝るにも、真冬に使う毛布を引きずり出した。

十月半ばと言えば、絶好の秋の行楽シーズンというのが、今までの記憶。それなのに、寒くなった途端、天気予報を見ても向こう一週間、日本全国殆どの所で、晴のマークは一つもない。一方富士山の初冠雪は、随分遅かったそうだ。

長期予報の難しさは分かる。それでも何とかそれを頼りにする。確か、10月は高めの気温だと言っていた。11月は普通、12月は例年より寒くなると言っていたのを覚えている。10月の初めは真夏日さえ有って、うんざりしたものであるが、今言ったように、一気の冷却、未だ、この原因の詳しい解説は、台風が、寒気を呼び込んだことしか聞いていない。

これから先は順調なのだろうか。タクシーの運転手曰く、この冬は、この夏の暑さの「倍返し」の寒さかも知れませんよ、と。

〔2013.10.20〕

つぎからつぎへ

食品の素材の偽装、産地偽装事件、始め阪急阪神ホテルズから始まった。何日だったたか、ほんの一寸前のことだけれども、もう、記憶に定かでない。いつものように、お偉いさん達が、ずらりと並んで「申し訳ございませんでした」と頭を下げると、パチパチ、カシャカシャと撮影の音。このほんの十日くらいの間に、出るわ出るわ、沢山の百貨店や有名なホテルとホテルチェーン、覚えきれない。松坂屋、名鉄、大丸、東急、小田急、まるい、ＪＡＬ、東武、松屋、ホテルオークラ、コメダコーヒー等々、それぞれ偽装の内容は違うが、自ら名乗りを上げるのか、つつかれるのか、これを書いている間にも、ニュースでどこの何がどうのこうのと言っている。書ききれない。正に「芋づる式」ということである。一方で、「食の安心を届ける全農」などというのがテレビから流れている。考えてみれば、わざわざこんな事を言わなくてはならないというのは、「食の安全」が脅かされている証拠である。

食材の偽装は直ちには食の安全を脅かす物ではないかも知れない。エビの例で言えば、釈明の中で、それが高いので安いのに換えたが、メニューに表示を書き換えるのを忘れたなどと言っていた通り、結局は値段の問題である。騙されるのも、味はともかく、ブランドに拘る消費者がしてやられたということなのかも知れない。

誠に怪しからん事だと思う。先日、サイクリングに行った先で、昼食に海鮮料理を食べた。表示されたメニューを見ながら、これもどうせ誇大表示だろうと思ったが、出てきたのを見れば形こそ歪んではいたが、写真のメニューとほぼ同じだった。本当は、こういう正直なところが殆どだろうと思う。大手に限って、これを「誤表示」などと片づけずに、今回の騒動を機に真面目に取り組んで欲しいと思う。

この中で、ちょっと気になったのは「産地偽装」である。それぞれの産地は必死に努力している。その努力を踏みにじる行為である。確かに、これも、命に別状のあるようなことではないかも知れない。しかし事の内容は違うが、ほぼ同時に問題になっていた、銀行が、暴力団に融資をしていたことは誠に由々しいことで、頭取が、報酬を半分にしたから済むというような問題ではない。

みずほ銀行のグループは、第一勧銀時代に、暴力団に巨額の融資をしていた問題が発覚し、社会的大問題に発展、当時の責任者が自殺するというようなことがあったという。未だ、20年も立たないことだが、私は記憶していない。しかし、当事者は身に染みているはずだが、またしてもということ、この問題は、国際的にも、日本の銀行の信用を失墜させているという。暴力団などという、社会に本来存在すら許されない存在、これを助長するのが銀行融資である。これも次から次と言うほどではないが、新生銀行もという。信販会社が中継ぎをしているらしい。銀行も信販会社も、そのことをよくよく弁え、こういう反社会的団体の壊滅を目指して一致団結して欲しいと思う。これには、警察も関与し協力しなければならない。

〔2013.11.8〕

ああＮＨＫ

ＮＨＫ経営委員　長谷川三千子さん「女は家で育児が合理的」と。長谷川氏の経営委員人事は２０１３年11月に国会の同意を得たが、それ以前に右翼活動家・野村秋介氏の自殺を礼賛した追悼文を書いていた。野村氏は１９９３年10月、週刊朝日の掲載内容に抗議するために朝日新聞社を訪れ、朝日側の「おわび」を了承した後に自殺したとされる。これ以上のことは、よく知らない。

同じく、ＮＨＫ経営委員百田尚樹氏が主張を同じくする都知事選候補元自衛隊幕僚長の田母上俊雄の応援演説をして、「立場無視」と指摘されている。

一方で、レギュラー出演者が、原発の問題を取り上げようとしたら、その放送をさし止めている。都知事選に影響するという理由で。経営委員と実際の番組作成者は一緒に出来ないかも知れないが、我々には釈然としないものが残る。

籾井勝人ＮＨＫ新会長、慰安婦「どこの国にもあった」就任会見で発言し、顰蹙を買っている。尤も、橋下維新の会共同代表は、当然のことを言ったまでと礼賛しているが、果たして、ＮＨＫ会長としての人だろうか。

ちょっと次元は違う問題だが、現在のＮＨＫ放送について、少し以前から抱いている不満がある。

金曜日から、日曜日にかけての夜の放送、以前は、寝る前の楽しみにしていた番組が無くなってしまった。全然ないわけでなく、とんでも無い時間に移動してしまって、なかなか聞けない。そこを埋めている番組を何とか聞こうとするのだが、丸でわけがわからない。若い人達にはいいのかも知れない。また、これは、以前にもあった事ながら、真剣にその内容を噛み締めながら聞いていると、突然交通情報や、天気の情報が入って中断され、本来の放送はぶっ千切られたままになってしまう。テレビのように字幕が出せないから、仕方ないかも知れないが、今日聞いた雪の情報など、その前のニュースの時間にたっぷり聞かされている内容で、わざわざ番組を中断する必要は全くない。よくある交通関係の情報も、ほんの少し待てばいいことであることが多い。

私は、きちんとかなり高い受信料を払っていたが、大して見ることはなかった。せいぜい動物の番組など興味深いし、制作には相当お金が掛かっているようには思う。さすがＮＨＫと思うことはある。しかし、最近では民放にも幾らでもそういうものが出てきた。もう、わざわざ受信料を払う気がしなくなった。不偏不党の番組を作ると言いながら、大いに偏向している。いっそのこと、それぞれいろいろな放送主体が、その主義主張をぶつけ合って自由に放送すればいいのではないかと思うようになった。特権的ＮＨＫの存在意義はあるのか。

〔2014.2.8〕

憲法解釈

安倍首相は憲法改定のために先ず96条の改訂を考え、改訂をやりやすくしようとしていた。しかし、それはルール違反ではないか、汚いやり方だという声に押されたためか、それを声高に言うことは止めた。しかし、憲法改定の思いは決して捨てたわけではない。今は、時に利あらずというわけで、今まで一貫して政府が否認してきた集団的自衛権の問題について、躍起になって解釈を改めようとしている。この集団的自衛権というのは、国連でも認められ、自衛権があるように、どの国にもその権利はあるのだという。しかし、日本国憲法では集団的自衛権行使は認められないという内閣法制局の見解だった。それを変えて認めようとしているのである。そのために、集団的自衛権行使に慎重な連立与党公明党の賛同を得て閣議で認めるように決定しようと与党協議が急ピッチで行われているのである。公明党は些か面食らって、ドタバタしているようだ。他の野党にも、集団的自衛権行使賛成の党は幾つもある。

一方で、憲法は政府を縛る物であって、政府の勝手な解釈でもてあそぶべき物ではない、一内閣の都合で変えては、立憲主義そのものが否定されかねないという議論がある。

だから、憲法を変えろと言う人達もいる。しかし、現在の日本国憲法は不磨の大典ではないとしても、その9条故に、戦後の日本が戦争に巻き込まれずに来たという実績があり、今、未だその動きは小さいけれども、世界にその意義は徐々に広がりつつある。「キュウジョウ」という言葉が出来て通用しているという。それが気に入らないという人々も居るから事は面倒だが、大切にしなければならないことは確かなことである。

一方で、日本が、憲法の制約で、限られた自衛しかできないということで、自衛隊が、見くびられて、不当な侮りを受けていることも一面有るようである。広い世界の中では、それ故に日本の憲法を尊敬している人達もいると言われる。

しかし、昨今の日本の憲法に対する動きを、自国のことは棚上げしておいて、内政干渉的にとやかく言いたそうにしている人達が思い描かれる。集団的自衛権行使を日本に認めさせようとする動きはそういう人達と連動している。

憲法を守ろうとしている人達も他国に侮られることを望んではいまい。日本国憲法自体が望んでいる方向を押し広めていきたいものである。しかし、それがそう一筋縄ではいかないところに、憲法を変えてしまおうという人々や、解釈で何とか行こうという邪な思いがうごめいてくるのである。何とか、酷いことにならないうちに、いい方向を見出したいものだ。

〔2014.6.16〕

料理の達人

この記事、家内には読ませたくない。料理した野菜屑や、材料の入っていたポリ袋や発泡スチロールのトレイ、使った鍋類が散乱している流し場を片付けながら、こんな事を思った。

この頃のテレビ・ラジオの番組は、何と食べ物、料理のことが多いことだろう。いろいろな人が料理人になって、自慢の料理を、材料、作り方からはじめ、色々なことを教えてくれる。専門の料理人が、毎日、手を変え品を変え種々の料理を拵え、番組中で、それをゲスト達が食べて舌鼓を打つ、こんな風景があふれかえっている。喜んでいる人が多いのだろうが、私はむしろ食傷気味である。

そういう番組を見ていると、当たり前のことかも知れないが、材料が全部前もって用意してある。野菜など、使う分だけ綺麗に整えてある。調味料も小さな器に必要な分だけ、鍋やフライパンも勿論用意してある。それがどうだというのではない。使った物は、そのまま、それを片づけるなどということは他の人がやっているのだろう。時間の都合ということもあるのだろうから、仕方ないことかも知れないが、自分でやれば、野菜の切りくずの後片付け、使った調理機器を洗って始末するということは、全部料理の内なのだが、それが全部省略されている。

一寸古い番組になるが、やはり料理の時間、その料理人はかなりお年を召した方だった。名前も覚えているが、ひょっと差し障りがあるといけないので、ふせておく。その人は、野菜のゆで汁なども捨てるのでなく、使った道具類を洗ったりするのにも使っていた。又、少し煮えるのを待つ間にあちこちの後片付けをしていた。そして、料理が出来上がる頃には、流し付近は綺麗に片付いていた。これを見て実際に料理をする人にも大変参考になる番組だったように記憶している。それ以来、そういう料理の番組に出会ったことがない。この人こそが料理の達人だと思う。

料理人は、今作っている物を完成させるだけが能では無かろう。用意された物を混ぜ合わせて、火に掛けて、出来るのを待つだけでは、実際には料理は完成しない。材料の準備から始めて、その下準備、そしてその後片付け、全部ひっくるめてが「料理」なのである。

〔2014.6.16〕

茶番劇

ウクライナ東部のドネツク、ルガンスク両州での親ロシア派の「住民投票」、投票を強行した人達は独立賛成が圧倒的多数だと言って「独立」を宣言したという。

私が知っているのはせいぜい新聞テレビ等での報道だけである。それによってでも、前もって賛成にマークされた投票用紙を車で搬送したとか、投票終了後一時間半後に賛成が89％と発表されたとか、親ロシア派はロシアの政治勢力幹部との電話「投票結果はでっち上げろ、99％では多すぎるから、89％で十分だ」が盗聴されていたり、投票所の写真で、2枚の用紙を投票したり、何回も何回も投票したり、とにかく、何の正当性もないというＥＵのアシュトン代表の言葉の通りだ。第一、選挙人名簿もなかったと言う。

ところで、この二州が独立すると一体どうなるのか。ロシア系住民ばかりが居るわけではない。非ロシア系の人達は投票もしていない。暫定政府の発表では投票率はドネツクで32％、ルガンスクでは24％だという。その他の人々はどうなるのか。

3月のクリミヤでの投票の結果、ロシアは早速クリミヤを併合してしまった。欧米諸国は認めていないが、既成事実化しつつある。尤も、此処は、多くがロシア系住民だということが、東部二州とは違っている。欧米は経済制裁をしているが、中々功を奏するところまで行かない。何と言っても、エネルギーの大本を握られているという弱みがヨーロッパにはある。
こんな茶番が通用する世界なのだろうか。こういう人達と一緒に生きていかなければならないのだ。写真で見ていれば、同じ人間の仲間である。この同じ地球に住む我々はにとって難儀なことだ。

〔2014.5.13〕

その後、この頃、世界では色んな選挙が行われている。戦乱の中での選挙は大変なことだと思う。それでも、投票して少しでも国の将来に期待するのは今の日本人が見習わなければならないことだ。アフガニスタン大統領選挙の決選投票では、数十人の死者が出たと言う。700万人が投票、率で60％だという。結果が出るのは未だかなり先のことだが、当局は成功だと言っている。これは茶番ではない。シリアの選挙はアサド大統領が選ばれるに決まっていて、茶番だと言われている。しかし、この内戦の中、投票した人々は、一刻も早く国が正常になるのを望んでいるに違いない。
本当に、投票を操作したり、不正を働いたりしての茶番劇、丸で真相の分からない最初から結果の分かっている中国や北朝鮮の選挙などこそ正に茶番劇だろう。

〔2014.6.17〕

台風

台風12号に続いて11号がやってきて、日本中を荒らしていった。11号が南太平洋上で発生した直後に、その西側で12号発生。12号は直ぐ北上、沖縄を台風圏内に巻き込み、遠く離れた四国や東北の方にまで沢山の雨を降らせた。特に、四国では、１０００ミリを超える雨、8月の平均3倍から4倍の雨を降らせた。南の暖かい空気を送り込んできたので、蒸し暑い猛暑、例年最高に暑い時期ではあるけれども、日差しと湿度で大変な目にあった。朝鮮半島の方に行ったが、その後のことは何も報道がないので分からない。多分もう衰えてしまったのだろう。続いて、8月上旬の週末に11号が接近、夏台風の特徴で、長く四国沖に滞在し、時速15㎞から20㎞という自転車の速度で北上、またまた、四国、紀伊半島、中国地方、東海、北陸、関東、東北地方に大変な雨をもたらした。北海道も大雨の予想。

テレビに映る道路上の下水から溢れる水、誠に勿体ない水、砂漠地帯でなくても、羨ましいような水だ。この水が各地で災害を引き起こす。宝物でもあり、悪魔でもある。

この11号、10日早朝、四国安芸市に上陸した後、一寸速度を上げて瀬戸内を渡り、兵庫に再上陸し、日本海上に到達した。此からも北北東に進むという。少しも勢力は衰えず、元気なままである。

段々被害の状況も判明してきた。洪水の被害は、至る所、京都嵐山ではまたまた桂川が溢れ、土産物屋は早々に閉店、土嚢を積み上げていた。鴨川も濁流が、河床に張り出した涼み台を浸さんばかり。各地で浸水の被害。二階まで浸った学校、休みで良かったが、多分一階にある職員室などどうだったんだろう。今度の台風、ゆっくりだったので、被害の予想されたところでは備えが出来たが、この学校が心配だ。死亡した人も今の時点で二人、もう一人、この嵐の中、和歌山でサーフィンをやっていたという人が行方不明だという。無事であれば、台風の中サーフィンをしていたと後で自慢できたのだろうが、未だに行方不明、捜索をする消防隊員も気の毒なことだ。

突風も栃木県で起こっている。関東のこの地方は最近よく竜巻が起こる。通り道が出来てしまったようだ。竜巻の通り過ぎた後は実に滅茶苦茶になっている。死んだ人が居なくて良かった。

丁度、月遅れの盆前、帰省しようとしていた人には恨みの台風だった。飛行機は欠航が相次いだ。新幹線に乗り換えられる人達は良かったが、離島に向かう人は待つ以外にどうにもならなかった。不思議なことに、新幹線はほんの一部はとまったが、ほどんど、運休もなかった。ただ、乗り継ぎをしなくてはならないところは、後が大変だったろう。

当地方、今回もこれと言った大した被害もなくて済んだ。被害に遭われた方々に心からお見舞いを申し上げる。

〔2014.8.10〕

異常気象

この夏、日本を襲った集中豪雨とそれに伴う土砂災害、尋常ではない雨の降り方、今まで経験したことの無いような雨の降り方が各地で起こっている。この異常気象は、世界的という。根本的には地球温暖化の進行によるのであろうが、このところ大気の温度上昇は一服状態と言うが、これも油断できない。海水のうち、深海での温度上昇がジワジワとすすんでいるという。それによって放出される水蒸気が増えている。大気の状態は非常に微妙なバランスを保っているのだが、今、その一部が変化することによって、連鎖的に種々の変化が起こる。

実際に世界中に起こっている異常気象は、直接的には、突き詰めていくと偏西風の流れの変化によるという。偏西風は蛇行を繰り返しながら常に変化しているのが常態だったのが、蛇行はしていても、一箇所は何時も同じような状態に成っていて、そのため、同じような気象状況が続く。今年の四国などでの大雨の持続など、確かにそうだ。イギリスでも随分の出水があった。

一方乾燥が進み、熱風どころか、火を噴く突風に襲われているところもメガ・ディザスターという番組で放映されていた。まるで、芥川龍之介の『地獄変』に描かれている絵仏師良秀の見た地獄絵そのものだ。近年、日本でも、各地で竜巻情報が発せられ、実際竜巻がとてつもない被害をもたらしている。以前も、この地方では豊橋で時々竜巻があって、被害の様子などが報じられていたが、局所的なものだった。それは、小さな道一本を隔てて、一方は何でもないのに、向かい側は屋根がめくれているといった塩梅だった。最近見るのはそんな生やさしいものではなくなった。幅数百メートル近く、数kmに及んで、正にめちゃめちゃに何もかも壊されている。アメリカでよくあった被害の様子と似てきている。

東京では、雹が降ってそれが積もった様子も放映されていた。

天気の予報など見ていると、狭いと言われる日本は広いなと思えるときがある。それが、この異常気象は日本の各地に同時に起こっている。北海道のことを言っていたと思えば、中国四国地方のと、関東のことかと聞いていたら、近畿でも同様のことが起こっていた。上空の寒気と、地上の熱せられた大気とが、不安定な状態を作り出しているのだ。天気予報も、丸であてにならなかった。

それがようやく納まりかけたが、扨て何時まで平穏な日が続くやら。

〔2014.9.16〕

仏頂面

今回、北京でのAPEC（アジア太平洋経済協力会議）首脳会議の折に、日中首脳会談が行われるかどうかが、早くから取りざたされていた。それが11月10日、曲がりなりにも実現した。その折のテレビ中継を見ても、新聞に載った写真を見ても、習近平氏は安倍さんの顔も見ず、横を向いたまま。

新聞記事を見ると、安倍さんが「こうしてお会いできることは非常にうれしい」と呼び掛けたのに対して表情は硬いまま、目も合わせず、無言だったとある。それにつれて安倍さんのほほえみも消えかけている。

会談時間はわずか二十五分だった。それにしては会議の内容は盛り沢山だ。既に決まっていたことを会って言ったというだけのことなんだろうと思う。通訳を交えての話だろうから、二十五分で何ほどのことが話し合えるとは思えない。

それに比べて、オバマ大統領との会談は、都合、十時間に及んだそうだ。しかも、中南海をおたがい笑顔で散策している。プーチン大統領とも、朴クネ大統領ともにこやかに会談している写真が公開されている。

これに関して、インターネット報道では無表情会談と言っているが、私は「仏頂面会談」と言いたくなる。習さんは余程会いたくなかったのか、それとも、にこやかにすることが何か差し支えがあったのだろう。恐らく後者だと思う。

この会談実現のかげで繰り広げられた日中双方のやりとりの中で、日本は、中国の強硬姿勢に対して、「会談見送りも……」と応じたという。大げさに言えば、世界が注目している中で、さすが、ホスト国中国は会談見送りの代償の大きさを考えたのだろう。しかし、安倍さんをにこやかに迎えるほどの度量はなかったということだ。それは、かなり、国内向けの顔のようにも思う。身から出たさびだと思うが、あれだけ日本を悪者にしてきた中国政府、中国人民はそれを真に受けている人が多数だろうが、掌を返したように、安倍さんをにこやかに迎え入れたらどんな反応があっただろうか。ただ、それは中国国内問題、日本の国民の多くが習氏に好感を持ち損ねたことは大変な損害ではなかっただろうか。

中国外務省の報道官も、日本の強い求めに応じて会ったと恩のタレ糞、こういう物言いが反感を買っているということを、言っても無駄だろうが、知るべきだろう。かつては、中国に親しみを覚えていた私すらがそう思う。

〔2014.11.13〕

反日朝日新聞

所謂従軍慰安婦の問題、日本のイメージをどれだけ損なったか、韓国も此に乗じて日本を責め立てているが、韓国政府をも誤らせているのが、間違った記事を載せた朝日新聞の罪だ。朝日新聞社は謝罪したけれども、簡単にそうかといって許すことが出来るような問題ではない。

アメリカの各地に「慰安婦像」なるものが造られ、日本が彼女たちを性奴隷にしたというような文章が添えられているという。アメリカの中でもその誤りを指摘する声が段々高まってはいるが、一旦作られた物はなかなか撤去されない。何も知らぬ人々が、日本を酷い国と思うことになるだろう。事実あったことならともかく、でっち上げられた誤った歴史なのである。歴史を重視しろと言っている人達が、自分の都合に合わせて歴史を作り替えているとしか思えない。こんなことをさせた元が朝日新聞の間違った記事なのである。

最近の問題では、やはり許せないことがある。朝日新聞の社長が交代したくらいで、事は納まらない。福島原発事故の問題である。事故の起きた現場で頑張っていた人をこれほど愚弄することはない。然も、その記事は外国にまで広がり、日本人が、原発事故現場から逃げたという謂われのない誹謗中傷を招いたのである。その実、現場に残った人々はいかに対応したらいいか、懸命の模索を続け、命がけの仕事をしていたのである。これを、「所長命令を無視して逃げた」などと言われては溜まったものではない。この間違った悪意ある記事を書いた記者の責任は言うまでもなく、それを認めて新聞に載せた責任者、この人々は一体何を考えているのか。どうして、こうも日本をあしざまに言いたいのか。正に、獅子身中の虫、私は決して右翼思想の持ち主ではないが、こんな事を知ると、許せない気持ちになる。

ある経済学者が言っていた。インテリの人々は自分はみんなとは違う、ちゃんと批判精神を持っているのだということをひけらかさんが為に反日的言動をもてあそぶのだと。そうとばかりも言えまいとは思う。政府批判はするがいい、選挙の時に行動すればいい。しかし、日本そのものを貶めるような言動、外国に、日本を貶めさせるような言動は、いかに言論自由とはいえ、慎んで欲しいものだ。勿論、それが、日本の国益に結局は成るということならばいざ知らずであるが。

〔2014.11.14〕

お相撲さん

昨年末、日本相撲協会から出しているカレンダーを貰った。今年のカレンダーの表紙は、力水を付けている両者の手と、柄杓だけが写っている。いい図柄なのであるが、それを見て私は思った。両者の4本の手の内、3本の手首にテープが巻かれている。それだけでなく、指にも丁寧に巻いてある。1本の手は陰になっていてテーピングがしてあるのかどうかは分からない。

これに象徴されているように、今の力士の体には、そこら中にテープやサポーターが目立つ。横綱白鵬にはまわし以外何も付いていないような印象だが、昨年の暦の最後に載っている白鵬の写真には、両手首にかなり幅広のテープと左手の中指薬指にかけてテープ、両足の親指にもテープが施されている。怪我の予防のためにするのだという。我が相撲仲間の連中も稽古前にかなり念入りにテーピングをしている。しかし、みっともいい物ではない(こんな表現はないかも知れないが)。それかあらぬか、今年の暦の後の頁では、化粧まわしなどで隠れている所為もあろうが、相当派手なのは琴欧洲の膝のサポーター以外見えない。

栃錦や若乃花、大鵬、柏戸にそんなサポーターやテーピングがあったような記憶はない。勿論子細に見ればあったのだろうけれども。

ただ、実際の取り組みの段になると、とにかく目立つ。怪我もこの頃特に多いように思う。昨年の九州場所で琴奨菊と琴欧洲の二人が相次いで土俵下に落ち、肩などを大けがして以後休場し、琴欧洲は大関陥落、琴奨菊も角番で初場所を迎える羽目になった。運が悪かったのだろうが、あの程度のことで大けがをしていては溜まったものではない。

大相撲の新弟子の体格検査は、中学校卒業で、最低でも身長165cm以上、体重67kg以上となっており、他に健康診断をする。例外はあるが、とにかく大きくなければいけない。確かに大きい方が有利に違いない。相撲では一貫目一技という諺があるくらいだから、最初小さくても、一生懸命大きくなろうとする。沢山稽古をして、沢山食べ、沢山眠って大きくなるのも修業だという。それにも度というものがあろう。

私は持論として、大相撲も重量別にした方がいいと思う（勿論異論のあることは重々承知している）。新弟子検査は重量に上限をもうけるべきだと思っている。現在では、200kgを遥かに超えるような力士が居るが、怪我の元。朝青龍や白鵬くらいが丁度いい体重なのだろう。栃錦、若乃花、千代の富士にしてもそんなに大きくなかった。

私の若い頃の記憶では、幕内で一番重かったのが、大起（おおだち）で40貫（今で言う150kg）だった（インターネットでは、180kgとある）。

大きくて機敏ならばそれに越したことはないのだろうが、お相撲さんも健康には気をつけて怪我をしないようにして欲しいものである。

〔2014.2.12〕

スイカ

真夏の太陽の下、よく冷えたスイカは格別だ。八月九日のこと、父、玄透超関大和尚の月命日、大きなスイカを買って、それを切ってお供えした。

子どもの頃、丁度戦後の物のない時代、昭和二十年代前半のこと、今の物余りの時代からは想像しにくいことばかりだ。経験してきたこともともすれば記憶が薄れ勝ちだが、しかし、夏のスイカと父に関しては忘れられない思いが目や頭に染みついている。

当時、スイカを口にすることが出来たのは一夏にせいぜい一回か二回だ。私が名古屋の寺に養子に来た二十年代の終わり頃、土産に、重いのにスイカを持っていった記憶がある。貴重だったのだ。今のように冷蔵庫がないから前日に井戸に吊して冷やす。何メートル下ろしたのか、せいぜい五、六メートルだったと思うが、井戸の中は涼しく、結構冷えて丁度食べ加減になった。でも、それを吊すのは怖かった。

暑い昼下がり、みんなで食べた。用意が出来たのを知らせると、父も大喜びでスイカスイカと言いながら走ってきて一緒に食べた。その光景や、嬉しそうに集まってきた兄弟達と父の姿が目に浮かぶ。ところが、弟が腎臓を患った。赤い小便が出た。塩分を禁止され、冷や麦なども砂糖を振りかけて食べさせられたし、特別に弟だけにはスイカのおやつが与えられた。羨ましかった。でも、弟は塩分のないのを嫌々食べていたように思う。幸い、一夏くらいで治ったようだった。

スイカというとこんなほろ苦い思い出もある。

今の飽食時代になっても、スイカは魅力的だ。おおきなのをリュックサックに入れて買ってきて、苦労して切って、冷やして食べる。ただ、スイカは夏に限る。今や、冬でも果物屋の店頭にはスイカが並んでいるが、全然食指が動かない。

スイカと言えば、いわゆるスイカ割り、目隠しをして棒きれでスイカを割って遊ぶ。あの光景をテレビで見るだけで、私は拒否反応を起こす。何で、あんなむちゃくちゃにするんだと反感さえ覚える。北陸を旅行したとき、畑に放置されたスイカがごろごろしているのを見たことがある。静岡で蜜柑が放置されていたのを思い出す。

こんなとりとめのない思いが心に去来した。

〔2015.8.19〕

天津大爆発

もう10日たった。中国天津港にある化学物質貯蔵施設が大爆発を起こした。二回にわたって大爆発した。1回目がTNT火薬3トン、2回目がTNT火薬21トンに相当する爆発だったと言われる。そう言われてもピンと来ないが、その凄まじさは、断片的に見る現場写真から伺われる。もう10日になるのに、その爆発原因すら分かっていない。損害額にしても、今日21日の新聞に50億元（約1000億円）とあるが、それも想像しかねる。物損がそれだけとして、人々の受けた損害は計り知れないと思うが、それをきちんと補償するだろうか。現場から6km先の川で大量の魚が死に、その死骸が川を埋め尽くしている写真が載っていた。天津市は会見で「水門の影響で富栄養化が進んで酸素が欠乏し、魚が大量死するのは夏場にはよく起きる現象だ」と説明したという。何と白々しい。せめて死んだ魚を調べてみることくらいはしたらどうかと思う。爆発現場の水から国家基準の350倍のシアン化合物が検出されたとも発表している。その関係については何も言わない。

現場から、2km四方では、全ての建物のガラスはめちゃめちゃに壊れているし、陸揚げされた多くの車も焼けこげている。名古屋で言うなら、栄で爆発があったとすると、名古屋駅の近くまで、お城も県庁・市役所も東別院も、千種駅も鶴舞駅も全部めちゃめちゃになった規模だ。トヨタの工場もその近くにあった。操業がいつ開始できるか未だ決められない。イオンモールなどもどうにも成らない状況のようだ。馴染みのある企業については情報もあるが、その他多数の状態は皆目伝わらない。

今回の爆発事故での死者の内、目立つのが消防士の死亡である。消火のため水をかけたために爆発を誘発したのかも知れない。我々の住んでいる近辺にも、「注水厳禁」と書かれている所があるが、きっとそういう所だったのだろう。2回目の爆発が最初の7倍もの威力があったのはその所為かも知れない。そんな危険物をよくもそれだけため込んでいたものだ。規制値の何倍にも成ると書いてあるが、規制など何のその。例によって行政との癒着。責任者が多く拘束されたと言うけれども、それだけでは原状回復など覚束ないだろう。金の亡者は金で賠償させねば成るまい。正に成り行きを注目していきたいと思う。その結果が発表されるのかどうか知らないが、いつも、有耶無耶になってしまうことが多い。執念を持って見守らなくてはならない。未だに、「毒入り餃子」のことについて、きちんとした謝罪も何もないと思う。ずっと待っているのだが。

〔2015.8.21〕

ひと月たった今も原因究明は成されていないし、跡地は事故の痕跡を隠さんばかりに整理され、マンションなどの補償も強行されているが（無理やり同意させられている）、被害を受けたトヨタの工場や、イオンモールなどに補償の申し出はないと、報道されている。

〔2015.9.14〕

災害列島日本

今日、9月18日、名古屋は前々日来の雨も上がったが、ラジオのスイッチを入れれば前日起きたチリ沖の地震による津波の注意報、今朝3時に気象庁が発表したという。既に、6時には到達時刻を過ぎ、刻々と北海道から東北・関東・東海・四国・九州・沖縄の各地の津波の情報を絶え間なく伝えている。初めは数センチとか10センチと言っていたのが40センチを越え、現在高さは上昇中と伝える。際限なく伝えている。同じ事を何回も何回も。それで、アナウンサーも、ついつい時間を間違える。

昨日は、国会の様子を前の晩からの続きで伝えていた。テレビと同時中継だった。誠に嘆かわしい様子、これも自然災害のような物か。

もう、日時はきちんとしないが、その前には大雨の情報、その被害の様子を延々と放送。定時の番組は吹っ飛んでしまった。今月に入って、台風やそれに伴う大雨の様子、被害の様子についての放送はどれほどあっただろうか。

12日早朝、新幹線一番が出る前に、東京湾を震源とするかなり大きな地震もあり広範囲の揺れで、ヒヤリとした。

噴火の情報も多い。今月に入ってからは、阿蘇山中岳の噴火、幸い被害はなかったが、総じて火山の噴火が目立つ。地震列島であり、火山列島。これに津波と来たら、残す所は火事。これは、中国の大爆発には及ばないが、始終起こって事欠かない。地震・雷・火事・親父、などと言い古しているが、台風、津波を仲間に入れなければ成るまい。

〔2015.9.18〕

COP21

今回、同時テロ後パリで開催されたCOP21で「パリ協定」が12月12日採択された。温室効果ガスを全締約国が削減することが合意された。最終場面での議長国フランスの粘りは評価したい。今までの枠組みを決めた「京都議定書」では削減義務を課されていたのはわずかな先進国、しかも排出量第一だったアメリカはそこから離脱していた。今や排出量断トツ第一、全排出量の26％を占める中国も野放しだったことから考えれば大いなる前進だ。太平洋の島国なども必死だった。島そのものが水没してしまうかも知れないから、当然だ。日本にしても、東京・大阪・名古屋周辺は水面下になるところが大きい。海浜など9割近く減少するといわれていたから他人事ではない。それどころか、グリーンランドの氷が溶けてしまうと海面は7メートルも上昇すると言い、世界の多くの大都会、上海・ニューヨーク・シドニー・イスタンブール・サンフランシスコ・ムンバイ・ロンドン・シンガポール・アムステルダム・ケープタウン・ドバイ・ペテルスブルク・リオデジャネイロなどは水没の危機に見舞われる。6億人の居住地が失われ、このまま、温暖化が進めば、人類は手の施しようが無くなる危険性も指摘されている。

会議は途上国支援の金額で最後までもめていたが、それどころではないのである。

とにかく、放って置いたら、今世紀末までに、気温は5、6度も上昇するだろうと言われている。

しかし、一方でこう騒いでいる人達は誰にもうけさせようとしているのか、炭酸ガス濃度は恐竜が生きていた時代が1%だったのに対し、現在0・04%、これを1%にするには1000年掛かるという学者もいる。

北極海の氷が溶けようが、アルキメデスの原理の通りで海面は上昇しないという学者もいた。

果たして、地球の温暖化は、人為的なものなのか、自然のサイクルなのか。本当のところは、まだ分からないことが多いが、まずは人間のやれることをしようとすることは、余り、うがった見方をしなくてもいいように思う。どうなんだろうか。

〔2015.12.13〕

韓国大統領の弾劾

ここ数週間、韓国では毎土曜日に主催者の発表で百万人単位のデモ、警察の発表でも数十万人の抗議デモが続いている。大統領府の直ぐ近く、百メートルの所までデモ隊が押しかけて即刻辞めろというシュプレヒコール。大統領にも当然聞こえる。

一体この発端は何だったのか、よく覚えていないが、初めは大統領に影響力を持っていた40年来の知人という崔順実という女性と恋仲だったという男との痴話喧嘩だったというが、次々明らかになってきていることを見聞きすると、「よくもまあそんなことまで」ということばかり、驚くほかない。みんな大統領が関与していたのか。大統領の友達崔順実被告、それに繋がりある親族、大統領の側近、ドアノブ三人衆。こういった人達のやっていたことは国民から見たら全く許せないことばかりだ。

有名大学への不正入試など、呆れるばかりだが、大学関係者も無関係ではあるまい。嫌なことだ。学歴社会である韓国では、日本のセンター試験にあたる試験で、携帯電話を使った不正がつい数年前あったが、そんな物クソ喰らえといわんばかりの手法で不正入学の上、受けもしない試験に合格したり、出席もしないのに単位を貰ったり、やりたい放題。これはほんの一端だけれども、聞く事ごとに「よくもまあ……」という感慨しかない。

それにしても、選挙で選ばれた過去の韓国大統領ことごとくがまともな最期を経験していない。正に哀れな末路を遂げている。それを韓国の文化などと称するムキがあるが決して誇れることではない。ドアノブ三人衆などと言われる存在、かつて日本の朝廷でも天皇に直接ものを言える人は少なく、天皇の側近「蔵人」などは幅を利かしたという。ただ、これは平安時代のこと、今はそんな時代ではあるまい。

今日、大統領弾劾決議が国会に諮られるという。どんな結果になるにせよ、しばらく韓国政界は混乱が続くだろう。隣国の我々に直接関係ないとはいえ、早く正常化して欲しいものだ。〔2016.12.9〕

追記：今日の韓国国会で弾劾決議は圧倒的多数で可決され、朴大統領の職務は停止された。大統領は国民に謝罪したが、其の、後ろ姿には孤独な哀れさが漂っていた。

年寄りの冷や水——パワーリフティングとレスリング

完全退職から、やがて満四年になる。その1ヶ月後から始めたトレーニングジム通い、二年後には今話題になっているRIZAPにも併せてほぼ1年半通った。尤も、よく言われているダイエットを考えたわけではなく、むしろ、体重増加を目指した。ほぼ1割の増加に成功し、今も保っている。その後も、前からのジムとRIZAPのインストラクターが独立して開設したジムに通い続けている。こんな訳で、退職時に立てていた研究計画は全く挫折してしまったが。ほそぼそと『分類語彙表』のサ変動詞1万語強に語素コード付けをしている程度だ。しかし、それも中々進まない。

話を戻す。それより先、以前から始めていた相撲の稽古も回数は減ったが続けており、高岡市の伏木の相撲大会は昨年も参加した。三年になるのでもうそろそろ止め時かなと思って参加した。選手の面々、いずれも強そう、その前の年に比べ老人は減り、若い人が多くなっていた。こりゃ駄目だと思ったが、せめて一勝と思い頑張った。第一戦、割合簡単に勝ってしまった。第二戦は若く大きな相手、再三押し込まれたものの、どうやって勝ったか分からぬうちに押し出して、拍手喝采。第三戦も勝ち、三戦全勝。優勝決定トーナメントに出た。これはあっさり負けたが、敢闘賞を貰った。副賞に米5kg。

その少し前、『相撲』誌（2016.8）の「アマ翔る」というページに「アマ相撲界のレジェンド」などと片腹痛い紹介をされた。その所為で、大分のアマチュアレスラーからレスリングの試合を申し込まれた。私は根が好きだと見えて、ことわりもせず、毎月、来名するその人と、レスリングのまねごとをしている。盛んに、マスターズ大会出場を勧められたが、正式な試合もしたこともなく、おまけに、練習中左手首を怪我してしまったので、今年は断念した。

更に、最近、その怪我も気にせずジム通いしているが、今度はパワーリフティングの大会に出よとの勧め、このマスターズ大会は、ただ年齢が高くなっているだけで、往年選手として活躍した人達が多く、始めたばかりの私ごときは恐れ多い。それでも出たい気持ちはある。右肩を痛めてベンチプレスを休んでいたところ、左手首も痛めて、今のところベンチプレスはまるで駄目、あとのスクワット、デッドリフトはどうやら年寄り並みなのだが、故障を治してでなければどうも難しい。そう言っている内に出場の機会もなくなるかも知れない。

はてどうしよう。

〔2017.2.17〕

あとがき

「はじめに」に記しましたが、大体は二〇〇五年から、ほぼ時期の順になっています。尤も、時々は違う場合もあります。又、この後の初出一覧の掲載誌の出版年月とは違っているものもありますが、大体は、記事末尾に記してある書いたときの日付の順であります。時間が経つと本当にそうかどうかは分からないものもあります。殆どが、「かけはし」のコラム「魔言」（磨言ではありません）と「ニュースに一喝」に掲載された記事ですが、出典の覧が空欄になっているものは、未掲載のものか、情けないことに、今、調べてみても分からないものであります。

初めにも申しましたように、時間が経って背景が分からなくなってしまっているものがあると思います。本来は出来る限り注記でも付けて分かるようにすべきだとは思いますが、怠っております。お許し下さい。

本冊の挿絵もまた渡辺久美子さんを煩わせました。記して甚深の謝意を表します。

平成二十九年十月七日

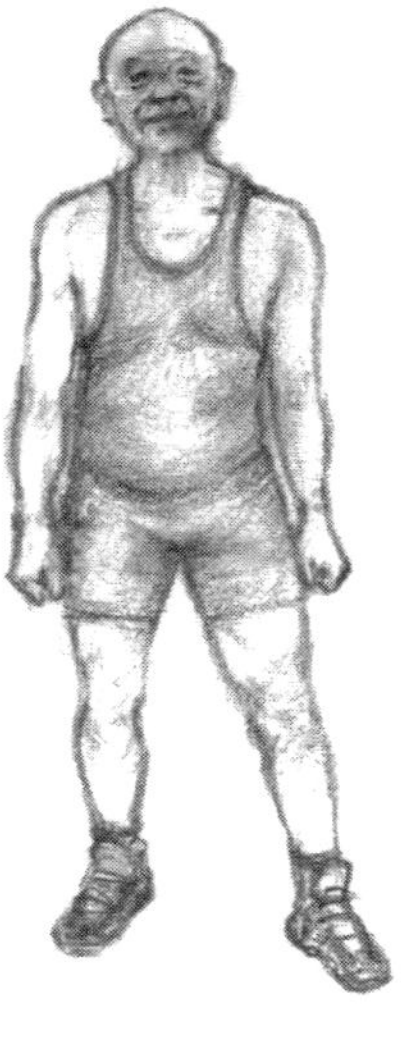

118	料理の達人	かけはし316磨言	2014.12
119	茶番劇	かけはし315磨言	2014.8
120	台風	かけはし316ニュース	2014.12
121	異常気象	かけはし316ニュース	2014.12
122	仏頂面	かけはし317ニュース	2015.1
123	反日朝日新聞	かけはし317ニュース	2015.1
124	お相撲さん	かけはし313ニュース	2014.4
125	スイカ	かけはし321魔言	2015.10
126	天津大爆発	かけはし321魔言	2015.10
127	災害列島日本	かけはし322ニュース	2015.11
128	COP21		2015.12
129	韓国大統領の弾劾	かけはし329ニュース	2017.1
130	年寄りの冷や水―パワーリフティングとレスリング	かけはし330ニュース	2017.3

88	後手後手	かけはし296ニュース	2011.5
89	有る手から零れる	かけはし297魔言	2011.7
90	想定外（2）	かけはし298ニュース	2011.10
91	もう頑張らなくてもいいのだよ	かけはし298ニュース	2011.10
92	タイの洪水	かけはし299ニュース	2011.12
93	保護責任者遺棄	かけはし299魔言	2011.12
94	柿三個	かけはし288魔言	2010.1
95	爪を磨く・袖を通す	かけはし302魔言	2012.5
96	偽ヒーローの出現を防げ	かけはし302ニュース	2012.5
97	腰痛様へ	かけはし302魔言	2012.5
98	天候異変	かけはし303魔言	2012.7
99	顔が見えない	かけはし305魔言	2012.12
100	発言の権利	かけはし304ニュース	2012.10
101	竹島・尖閣・北方領土	かけはし304ニュース	2012.10
102	張成沢氏失脚粛清	かけはし312ニュース	2014.1
103	橋下劇場	かけはし307ニュース	2013.3
104	大鵬	かけはし307魔言	2013.3
105	メールボックス	かけはし308魔言	2013.5
106	何が狙いか、北朝鮮	かけはし308ニュース	2013.5
107	～ちゃんさん・～くんさん	かけはし309魔言	2013.7
108	回数券	かけはし309魔言	2013.7
109	参議院ネジレ解消	かけはし310ニュース	2013.10
110	良いインフレ?	かけはし310ニュース	2013.10
111	命名権	かけはし310魔言	2013.10
112	大島の災害	かけはし311ニュース	2013.11
113	靖国神社参拝	かけはし311ニュース	2013.11
114	秋がない	かけはし311ニュース	2013.11
115	つぎからつぎへ	かけはし312魔言	2014.1
116	ああNHK	かけはし313魔言	2014.4
117	憲法解釈	かけはし315ニュース	2014.8

58	時効	かけはし285ニュース	2009.7
59	放っておけ	かけはし286ニュース	2009.10
60	想定外（1）	かけはし287魔言	2009.11
61	騒音	かけはし286魔言	2009.10
62	ガソリン価格の高騰	かけはし279ニュース	2008.9
63	定説	かけはし287魔言	2009.11
64	ハツ場ダム	かけはし287ニュース	2009.11
65	もう少し正確に		2009.11
66	比べる	かけはし288魔言	2010.1
67	相撲稽古で転落死		2009.8
68	COP15		2009.12
69	勘定が合わない	かけはし288ニュース	2010.1
70	めくばせ	かけはし295ニュース	2011.3
71	神と和解せよ		2010.1
72	何と言ったらいいのか	かけはし289魔言	2010.3
73	ああ、鳩山さん・小沢さん	かけはし289ニュース	2010.3
74	名が体を表さない	かけはし289魔言	2010.3
75	ああ、朝青龍	かけはし289ニュース	2010.3
76	信号は何のため—最敬礼	かけはし290魔言	2010.5
77	日付	かけはし290魔言	2010.5
78	断酒の弁	かけはし290魔言	2010.5
79	台風9号	かけはし292磨言	2010.10
80	クーラー		2010.9
81	中国の反日デモ	かけはし293ニュース	2010.10
82	暴力団	かけはし274ニュース	2007.11
83	データ改竄	かけはし293ニュース	2010.10
84	「と」と「に」		2011.2
85	入試とケータイ	かけはし296魔言	2011.5
86	天罰	かけはし296ニュース	2011.5
87	風評被害	かけはし296魔言	2011.5

28	「踏む」と「回す」		2010.7
29	言ったことには責任を	かけはし273ニュース	2007.9
30	百日紅	かけはし273魔言	2007.9
31	度量衡のこと	かけはし273魔言	2007.9
32	点検	かけはし273ニュース	2007.9
33	教師冥利	かけはし275魔言	2008.1
34	オーライオーライ	かけはし275魔言	2008.1
35	餃子事件	中道459	2008.6
36	十三里半		2008.2
37	メイド イン ジャパン	かけはし277魔言	2008.5
38	うらがね	かけはし277ニュース	2008.5
39	玉は彫琢によりて器となる	かけはし277魔言	2008.5
40	だから言ったのだ	かけはし278魔言	2008.7
41	国民がやかましい	かけはし279ニュース	2008.9
42	街路樹	かけはし279魔言	2008.9
43	達人の言葉	かけはし279魔言	2008.9
44	二重価格—非食用米の転売	かけはし279ニュース	2008.9
45	中山さん余聞	かけはし280ニュース	2008.11
46	クレーン	かけはし281魔言	2009.1
47	大麻汚染	かけはし281ニュース	2009.1
48	天下の愚策—定額給付金	かけはし281ニュース	2009.1
49	また大相撲大麻事件	かけはし282ニュース	2009.3
50	役人	かけはし282魔言	2009.3
51	漢字	かけはし284ニュース	2009.5
52	独り相撲		2009.2
53	言い訳	かけはし283魔言	2009.4
54	分かり切ったことを言う	かけはし283魔言	2009.4
55	さびしいね	かけはし284ニュース	2009.5
56	「安保理に謝罪を求める」だって		2009.4
57	薫風	かけはし285魔言	2009.7

本冊の記事の初出一覧

1	アラファト議長—その蓄財	かけはし258ニュース	2005.3
2	朝日新聞とNHK		2005.2
3	木で鼻をくくったような	中道433　銀杏697	2006.4
4	いけしゃあしゃあと	かけはし264ニュース	2006.3
5	体たらく	かけはし264ニュース	2006.3
6	材割り	かけはし266ニュース	2006.7
7	絵に描いた餅	中道436	2006.7
8	言葉はきちんと	かけはし265ニュース	2006.5
9	中休み	かけはし266ニュース	2006.7
10	地名	かけはし269ニュース	2007.1
11	知らない人	かけはし267ニュース	2006.10
12	言語道断	中道442	2007.1
13	ほとびる		2006.8
14	ラーメン・らあめん・中華そば		2006.8
15	飲酒運転	中道440　銀杏703	2006.11
16	本当の話は面白い	中道444　銀杏717	2007.3
17	点字ブロックの上に物を置くな	かけはし269ニュース	2007.1
18	何時起こるか分からない	かけはし269ニュース	2007.1
19	スポーツクラブと時間の拘束	かけはし269魔言	2007.1
20	「違う」は動詞	かけはし270魔言	2007.3
21	脱力		2007.2
22	赤ちゃんポスト	かけはし271ニュース	2007.5
23	お門違い		2007.3
24	荒唐無稽	かけはし271魔言	2007.5
25	過ちは易きところに	かけはし271魔言	2007.5
26	底なし沼		2007.6
27	社会保険庁	かけはし272ニュース	2007.7

田島毓堂（たじま・いくどう）

1940年5月5日、中国北京市で生まれた。1968年3月名古屋大学大学院文学研究科単位取得退学。同4月東海学園女子短期大学専任講師、助教授、教授を経て、1978年4月名古屋大学文学部助教授、87年6月同教授（国語学講座）、88年4月から日本言語文化専攻を、92年4月から国際開発研究科を兼任、2004年3月定年退官。同4月から、愛知学院大学文学部・文学研究科教授、2013年3月退職。名古屋大学名誉教授。2003年8月から、社会福祉法人ラ・エール理事長。同9月から、語彙研究会代表。73年3月、『正法眼蔵の国語学的研究』により、文学博士の学位取得。桂芳院住職。

主要著書『正法眼蔵の国語学的研究　研究編』（77・笠間書院）・『同資料編』（78・笠間書院）・『法華経為字和訓の研究』（99・風間書房）・『比較語彙研究序説』（99・笠間書院）、主要編著『日本語論究』1～7（92～2003・和泉書院）・『語彙研究の課題』（2004.3・和泉書院―名古屋大学退官記念）・『日本語学最前線』（2010.5・和泉書院―古稀記念）『比較語彙研究の試み』1～16（97～2013・名古屋大学大学院国際開発研究科・語彙研究会）、『磨言―芳冊《ほうさつ》』（2004・右文書院）、『磨言―淳冊《じゅんさつ》』（2005・右文書院）、『磨言―敦冊《とんさつ》』（2006・右文書院）、『磨言―志冊』（2016・右文書院）。

磨言――則冊

2017年11月30日印刷／2017年12月12日発行

著　者：田島毓堂
さし絵：渡辺久美子
発行者：三武義彦
発行所：株式会社右文書院
東京都千代田区神田駿河台1-5-6／郵便番号101-0062
Tel.03-3292-0460　Fax.03-3292-0424
http://www.yubun-shoin.co.jp/

製版・印刷：東京リスマチック株式会社
製　本：壺屋製本　　用　紙：富士川洋紙店

＊落丁・乱丁本はお取り替えいたします。

ISBN978-4-8421-0788-2　C0095